# 후회 없이 살고 있나요?

# 후회 없이 살고 있나요?

**1판 1쇄 발행** 2015년 8월 10일 **1판 5쇄 발행** 2017년 12월 27일

**지은이** 이창재
**발행처** 도서출판 수오서재 **발행인** 황은희, 장건태
**디자인** 행복한물고기 **제작** 제이오
**주소** 경기도 파주시 회동길 337-16, 302호(10881)
**등록** 2014년 6월 16일(제396-2014-000115호)
**전화** 031)955-9790 **팩스** 031)955-9796 **전자우편** info@suobooks.com
**홈페이지** www.suobooks.com
**ISBN** 979-11-953221-6-9 03810 책값은 뒤표지에 있습니다.



이 도서의 국립중앙도서관 출판시도서목록(CIP)은 서지정보유통지원시스템 홈페이지(http://seoji.nl.go.kr)와
국가자료공동목록시스템(http://www.nl.go.kr/kolisnet)에서 이용하실 수 있습니다. (CIP제어번호: CIP2015020229)

도서출판 수오서재守吾書齋는 내 마음의 중심을 지키는 책을 펴냅니다.

# 후회 없이 살고 있나요?

영원히 살 것처럼 사는 당신에게…

이창재 지음

수오서재

삶은 본래 여행입니다.

이 이야기는

우리 삶의 종착지에서 만나는

우리 삶이 압축된 시간들의 이야기입니다.

먼저 여행을 마친 그들이

우리에게 묻습니다.

"후회 없이 살고 있나요?"

## 차례

여정을 시작하며

# 우리 인생길에 이렇게 많은 짐이 필요할까?

2008년 여름방학이 시작되자마자

나는 산티아고 순례길을 걷기 위해 짐을 꾸렸다. 한 달간 홀로 800킬로미터를 걸어야 하는 여정이다 보니 준비해야 할 것이 꽤 많았다. 여행 사흘 전, 추리고 추려낸 짐을 꾸려 무게를 달아보니 28킬로그램에 달했다. 무게를 덜어볼 요량으로 여행용품을 펼쳐놓고 몇 번을 살펴봐도 모두가 요긴해 보였다. 하는 수 없이 여행용품 전문점에 들러 5킬로그램을 줄이는 데 80만 원이 들었다. 장비가 비쌀수록 더 가볍기 때문이다.

그렇게 23킬로그램으로 줄어든 배낭을 메고 산티아고로 갔건만, 여행 사흘째가 되자 여행을 포기하고 싶을 정도로 배낭 무게가 엄청나게 압박을 가했다. 그날부터 나는 '버리기'를 시작했다. 한 주 동안 3킬로그램을 버렸고 그다음 주에는 별로 무게가 나가지 않는 슬리퍼까지 버려 2킬로그램을 줄였다. 치약, 샴푸, 로션은 필요한 예상치만 남겼고 수건과 속옷도 한두 장씩으로 줄였다. 그러고도 15킬로그램이 넘었다.

산티아고 순례길에는 인생의 여러 담론이 차고 넘친다. 홀로 걸으면 속으로 기어들어간 관념이 마음을 휘저어 여행길을 가렸고 자주 외로웠다. 이웃을 동반하면 외롭진 않으나 발걸음이 때로 산보마냥 느려졌다. 시간이 흐르면서 '따로 또 같이'를 반복하며 나는 내 나름대로 리듬을 찾았고 여정은 슬슬 제맛을 내기 시작했다.

긴 여정을 처음 겪은 탓인지 아니면 여전히 무거운 배낭 탓인지 여행 중에 발톱이 세 개나 빠졌고 발뼈에 여러 군데 실금이 가서 오랫동안 고생했다. 그래도 결국 나는 산티아고에 도착했고, 사흘을 더 걸어 '세상의 끝'이라는 피스테라로 갔다.

거기서 귀국을 준비하며 배낭을 풀었는데 맙소사, 거의 쓰지 않은 물품이 쏟아지는 게 아닌가. 딱 한 번 쓴 판초우의, 버리지 못해 끝까지 지고 간 바람막이 재킷, 막연한 불안으로 준비한 상비약, 찌그러진 초코바, 80여 장밖에 찍지 않은 카메라, 몇 번 펼쳐보지 않은 안내책자, 양말 한 켤레……. 그저 미래에 대한 막연한 불안과 남들의 경험담에 묻어간 짐이다.

목적지에서 간절히 필요로 하는 것을 출발점에 알았다면 그토록 무거운 짐을 지고 여정을 시작하지는 않았으리라. 문득 한 가지 질문이 떠올랐다. 생의 마지막에 느낄 절실한 가치와 삶의 목적을 지금 안다면 내 삶이 달라지지 않을까? 이 질문을 안고 나는 호스피스를 찾았다.

내가 촬영한 포천 모현 호스피스는 이 질문이 일상적으로 묻어나는 곳이다. 환자들이 호스피스에 머무는 기간은 평균 21일에 불과하다. 죽음을 앞둔 환자들은 누구보다 진실했고 자신의 삶을 명징하게 바라보았다.

촬영 기간 동안 여든 명 정도가 다른 세상으로 긴 여행을 떠났고, 그 사이 많은 사람을 인터뷰했지만 영화 〈목숨〉에는 말기암 환자 네 명만 나온다.

남편의 사업 실패로 오랜 기간 가난과 싸우며 가정을 지켜내고자 젊은 날을 바친 오십대 주부 김정자 님. 그녀는 10년 만에 새집을 장만했으나 담도암 말기 판정을 받아 겨우 한 달을 살고 호스피스에 왔다. 박수명 님은 사십대 중반에 위암 말기 판정을 받고 호스피스를 찾았다. 평생을 진지하고 성실하게 살아온 그는 부모님을 일찍 보내며 어느 정도 죽음에 단련되었지만 아내 그리고 두 아이와의 이별 앞에서 굳건한 의지는 흔들린다. 전직 수학교사 박진우 님은 일흔다섯 살로 췌장암을 앓았다. 마음만은 그 어떤 청춘도 부럽지 않던 그는 마지막까지 사나이다운 면모를 유감없이 보여준다. 외로움과 싸우다 마음이 죽어 몸도 함께 죽어가던 신창렬 님은 호스피스에서 작은 기적을 이룬다.

다들 인생의 종착역에서 다음 여정을 기다리는 상황이었지만 죽음을 맞이하는 태도는 사뭇 다양했다. 그들의 마지막이 우리에게 묻는다.

'후회 없이 살고 있나요?'

산티아고 순례길에서 매우 인상적인 독일 여행자를 만났다. 가볍게 소풍을 가듯 작은 배낭 하나를 멘 그 오십대 남자는 독일 쾰른부터 산티아고까지 근 3,000킬로미터를 걷는 중이라고 했다. 여행길에서 세 번 마주친 그는 여행의 끝자락에 자신의 개인적인 얘기를 털어놓았다.

그는 아내를 먼저 떠나보내고 삶의 의지도 의미도 찾을 수 없어 헤매다 어느 날부터 걷기 시작했다고 한다. 그렇게 걷다 보니 포레스트

검프처럼 발걸음이 계속 이어졌고 기어코 산티아고까지 왔다는 것이다. 걸으면서 구두가 불편해 등산화를 사고, 추워서 겉옷을 사고, 이를 담으려 작은 배낭을 샀단다. 그 작은 배낭 하나를 메고 그는 5개월째 걷고 있었다.

그를 보며 생각했다.

우리의 인생길에 많은 짐이 필요할까? 삶의 끝에 도달했을 때 꼭 필요한 무언가가 지금 우리가 좇고 있는 그것일까? 호스피스에서 만난 환자들은 하나같이 비슷한 아쉬움을 쏟아냈다. 왜 이제야 그 소중한 걸 알게 되었을까? 왜 그때는 그걸 몰랐을까?

그들은 종착지에 와서야 자기가 헛된 짐을 짊어지고 있었음을 깨닫고 아쉬운 눈빛으로 뒤를 돌아보았다.

이제부터 이야기가 시작된다. 먼저 먼 여행을 떠난 이들이 뒤따라오는 우리에게 전하는 보물지도를 펼쳐볼 시간이다.

그들의

—

마지막이

—

우리에게 묻다

예측 가능한 죽음 앞에 서면

떠날 사람도, 보낼 사람도 간절해진다.

그런 간절함으로 오늘을 잘 살고 있는가?

그들의 마지막이 우리에게 묻고 있다.

대답은 산 자의 몫이다.

## 사람답게 살고
## 사람답게 죽기

그는 아버지이자 남편이다. 진정 그 자신만의 삶을 산 시간이 얼마나 될까 싶을 만큼 그는 가정을 위해 살아온 이 시대의 가장이다. 어린 시절 지독한 가난에다 어머니의 죽음이 겹치면서 세월을 남보다 빨리 살아버린 그. 나이는 내 연배지만 나는 그를 통해 육체의 나이가 정신의 나이와 비례하지 않는다는 사실을 알았다. 내가 관념의 나이를 내 안에 쌓는 동안 그의 내면에는 현실의 나이가 쌓여갔다. 결과적으로 그의 영혼은 내 영혼보다 훨씬 더 깊은 성숙미를 발했다.

"내 인생에서 가장 빛나는 순간에 하늘나라로 가는 거라 정말 좋아요. 만약 암이 아닌 다른 질병이나 재해로 삶이 끝장났다면 이토록 많은 사람이 기도와 위로로 내 영혼을 보듬어주는 줄도 몰랐을 거예요. 내 삶에서 가장 화려한 절정의 순간에, 사람들이 박수칠 때 떠나는, 그런 시간이 내게 주어진 거예요. 고맙게도."

중고생 남매의 아버지 박수명 님. 그는 그렇게 내 피사체이자 다큐멘터리의 주인공 그리고 친구가 되었다.

열일곱 살 때 어머니를 여읜 박수명은 아버지가 몸이 편찮아 자녀들을 거둘 만한 형편이 아니었기에 일찌감치 생활전선에 뛰어들었다. 누나들이 눈물 바람을 날리며 친척집으로, 친구집으로 뿔뿔이 흩어진 뒤 박수명은 공장을 다니며 혼자 힘으로 대학 공부를 마쳤다. 그를 처음 봤을 때 나는 곱게 자란 사람이구나, 마음이 맑고 순수하겠구나 하고 생각했다.

그러나 그의 아내가 들려준 박수명 님의 삶에서는 고단함, 고됨이 뭉텅뭉텅 묻어났다.

"겉보기엔 순한 인상이지만 자존심이 말도 못하게 강해요. 열일곱 살 때부터 스스로 생계를 책임져야 했기 때문에 피눈물 나게 고생했지요. 그래도 다른 사람에게 신세지는 거 싫어하고 아쉬운 소리 하는 것도 싫어해요. 참, 강한 사람이에요."

그녀는 이미 한 해 전에 모현 호스피스에서 친정어머니를 떠나보냈다. 그리고 정확히 일 년 후, 그녀는 남편과 함께 다시 호스피스를 찾아왔다. 친정어머니가 떠날 무렵 안타깝게도 남편의 몸에도 암세포가 자라고 있었던 것이다. 이건 너무 불공평한 게 아니냐며 하늘을 향해 원망을 흩뿌릴 법도 한데 그녀는 담담히 말했다.

"엄마가 6개월 동안 계속 설사를 했어요. 병원에서 위내시경도 하고 대장내시경도 했지만 아무런 이상도 발견되지 않아서 결국 신경정신과에 입원했어요. 검사 결과 이상이 없는데 계속 설사를 하니까 신경성인가 보다 한 거죠. 사실은 혈액검사를 했을 때 췌장수치가 높게 나온 걸 두고 수치가 좀 높다는 정도로 넘어갔어요. 나중에 보니 췌장암이었던 거예요.

애들 아빠도 5년 전부터 회사에서 건강검진을 했고 내시경뿐 아니라 CT촬영까지 했어도 발견되지 않았어요. 매번 건강검진을 받고 CT까지 찍었는데 암덩어리가 발견되지 않았으니 원……. 그때 하느님이 사람의 눈을 가리고 상황을 늦게 알아차리게 하시는구나, 이건 사람이 하는 일이 아니구나, 하느님이 하시는 일이구나, 그런 생각이 들었어요."

암세포가 생명을 갉아대고 있음을 알았을 때 고약하게도 박수명 님은 위암 말기였다. 이미 전이돼 수술이 불가능했고 항암치료를 해도 치료 목적이 아닌 연명延命을 위한 방편에 불과한 지경이었다. 회생 가능성이 거미줄처럼 미약해도 어떻게든 해보자며 무조건 항암치료와 수술을 시도하는 사람들과 달리 박수명 님 부부는 삶의 질을 택했다.

"살아도 건강하게 살자, 사람답게 살자, 그래서 항암치료를 포기하고 호스피스에 들어왔어요."

## 아픔이
## 내게 가르쳐준 것들

"암 진단을 받은 지 지금 석 달 됐어요. 시간이 약이라는 말이 맞는 것 같아요. 처음에는 불안하고 애들 아빠가 더 살았으면 좋겠고, 끝도 모르게 눈물이 쏟아졌는데 이젠 많이 안정됐어요. 어차피 모두가 가야 하는 길을 남편이 먼저 가는 것뿐이고 나도 곧 뒤따라가야 하는 길이니까요.

나도 인생과 작별할 때 암으로 떠났으면 좋겠다고 생각해요. 마지막을 준비할 시간이 있잖아요. 인생을 스스로 마무리하고 또 가족과 이별을 나눌 시간도 있으니까요. 내 개인적으로는 엄마도 남편도 암으로 가니까, 엄마와 남편의 고통을 내가 좀 느껴봐야 하지 않을까 싶기도 해요. 이렇게 힘들었겠구나, 이렇게 고통스러웠겠구나. 두렵기는 하지만 나중에 나도 암으로 갔으면 좋겠다고 하느님께 기도해요."

일 년이라는 짧은 시간에 공교롭게도 친정어머니와 남편의 암 투병을 지켜봐야 했던 박수명 님의 아내는 마치 은퇴 후의 소박한 삶의 계획이라도 말하듯 '나중에 나도 암으로 갔으면 좋겠다'는 소망을 허허롭게 털어놓았다.

"내 외할아버지가 췌장암을 앓았어요. 엄마가 마지막 순간에 '아, 우리 아버지가 왜 그렇게 힘들어하셨는지 이제 알 것 같아'라고 하셨어요. 당신이 직접 겪으면서 할아버지를 보다 깊이 이해하게 된 거죠. 그래서 나도 그냥 그런 생각을 했어요. 오히려 중풍이나 치매에 걸린 채로 너무 오래 살까 봐 겁이 나요. 누군가는 내가 미친 소리를 한다고 손가락질을 할 수도 있지만 중풍이나 치매가 길어지면 요양원에서 홀로 죽어간대요. 가족도 오지 않는다고 하더라고요. 어느 요양사에게 그 말을 듣고 차라리 암이 낫겠다 싶었어요. 네가 암에 걸리지 않아 쉽게 말하는 거라고 욕 들을 수도 있지만 정말로 둘 중 하나를 택하라고 하면 너무 오래 사는 것보다 이렇게 죽음을 맞이하고 거기에 적응할 시간이 있는 게 오히려 감사한 일이라는 생각이 들어요."

호스피스에서 일 년여 기간 동안 촬영하며 나는 여든 분 정도의 임종을 지켜보고 그보다 더 많은 분을 인터뷰했다. 이를 통해 그들 모두가 다른 생각, 다른 깨달음을 얻는다는 사실을 알았다. 다들 이승에서의 시간이 길지 않다는 점은 같지만 그것을 받아들이는 개개인의 생각, 그 시간에 얻는 깨달음은 제각각 달랐다.

박수명 님 아내 역시 그녀 나름대로의 생각을 마음 깊이 담아두고 있었다. 암 투병하는 남편을 간호하며 훗날 자신도 암으로 생을 마감하고 싶다고, 남편과 같은 고통을 느껴봐야 할 것 같다고 하는 그녀의 말에 나는 아무런 대꾸도 할 수 없었다. 사랑하는 사람을 조금씩, 조금씩 떠나보내는 아픔이 얼마나 강하게 심장을 압박하는지 가늠할 수 없었으니. 순간, "이 친구를 만난 후 긴 터널 같던 내 인생에 빛이 스며들었다"고 말한 박수명 님의 말이 마음을 훑고 지나갔다.

## 우리는 살아온 대로
## 죽어간다

박수명 님이 딛고 온 삶의 개척지에서 가장 넓은 영토를 차지하고 있는 사람은 다름 아닌 그의 아내다. 평소 고맙다는 말도 잘 하지 않던 무뚝뚝한 성격이었지만 그이는 이제 아내에 대한 고마움을 온몸으로 조목조목 짚어냈다.

"몸뚱이가 내가 가진 전부였어요. 아버지의 일이 무너지면서 집이 남의 손에 넘어갔고, 어머니가 그 충격을 이겨내지 못하신 것 같아요. 어머니가 돌아가시고 집도 없었으니 그대로 주저앉으면 자칫 내 삶이 수렁으로 빨려들어가고 말 거라는 생각이 들었지요. 어린 마음

"여기 이렇게 누워 있다 보니, 그것도 생각보다
오래 누워 있다 보니 그동안 당연시하던
소중한 것들이 모두 그립더군요.
건강하게 다니는 사람들을 보면 부럽고
또 그들이 건강의 소중함을 알까 하는
생각도 들어요. 이렇게 화사하고 눈부신 봄과
어여쁜 꽃을 보면, 저 사람들은 이 찬란함을
보고 느낀다는 것이 얼마나 소중한지 알까 싶어요."
_박수명

이지만 그래도 반듯하게 살아야겠다는 다짐을 했어요.

내 인생은 그냥 가느다란 빛이 겨우겨우 들어오는 긴 터널이었어요. 이십대 초반까지도 나는 내가 과연 이 터널에서 벗어날 수 있을까, 내가 이 지하 방에서 벗어나 사람답게 살 수 있을까 하는 고민에 점령당한 상태였어요.

그러다가 이 친구를 만난 뒤부터 세상을 향해 한 발 한 발 내딛을 용기를 내기 시작했지요. 팍팍하기만 하던 삶에 서서히 여유가 생겼고 호흡도 아주 편안해졌어요. 이 친구를 만나면서 어둡고 긴 터널에서 벗어난 거지요. 사실은 둘 다 어린 나이였어요. 교회에서 계속 지켜만 보다가 용기를 냈는데 흔쾌히 프러포즈를 받아줘서 얼마나 기뻤는지 모릅니다. 아, 드디어 내 인생에도 볕이 드는구나 싶었지요. 그 후로는 모든 것이 좋았어요."

인생에서 가장 아름답고 행복한 순간을 뜻하는 화양연화花樣年華. 과연 박수명 님의 화양연화는 언제였을까?

"살면서 행복하다, 라고 처음 느낀 게 중미산 천문대에 갔을 때였어요. 중미산 자연휴양림 내에 있는 천문대에서 별을 구경하고 그곳에서 일박을 하는 여행이었는데 날씨가 좀 추웠어요. 겨울 초입이고 산이라서 그랬을 거예요. 아이들과 밖에서 일박을 하며 함께 지낸 것은 그때가 처음이었어요.

그날 저녁 함께 별을 보고 그다음 날 휴양림에서 걷고……. 차 안에서 음악을 크게 틀어놓고 아내와 아이들이 걷는 모습을 보는데, 어찌나 행복하던지. 내 인생이 이렇게 행복해도 되나 싶었어요.

앞으로 가족과 함께 이런 시간을 더 많이 만들며 행복하게 살자고 다짐했지요. 지나고 보니 내 기억 속에 그때가 가장 행복한 순간으로 남아 있네요. 과거를 아무리 들추고 또 들춰도 '그때보다 지금이 더 낫다'고 할 만한 순간이 없어서 많이 아쉬워요."

태어날 때 내 인생이라는 초에 붙은 불이 팽팽하게 빛을 발하다 점점 사그라질 즈음, 사람들은 아쉬움과 후회로 가슴을 친다. "건강했다면 결코 알지 못했을 많은 것을 깨달았습니다. 이렇게 깨달을 수 있어서 감사합니다"라고 말하는 박수명 님조차 가족과 함께 아름다운 추억을 더 많이 나누지 못해 후회스럽다고 했다. 그와 반생을 함께한 그의 아내 역시 아쉬움이 묻어나는 목소리로 덧붙였다.

"깨달은 것을 함께할 시간이 좀 더 허락되었으면 좋겠어요."

다큐멘터리 영화 〈목숨〉을 제작하기 위해 촬영하는 도중에 누군가가 물었다.

"사멸하기 때문에 삶이 아름다운 걸까요?"

그 말이 오래도록 귓전에 맴돌았는데 촬영을 마칠 무렵 그것은 내 가슴으로 내려왔다. 진정 사멸하기 때문에 삶이 아름다운 것일까? 사실 나는 아름다운 사멸을 별로 보지 못했다. 사멸을 앞둔 이들은 오히려 틀에 박힌 일상에 깊은 애착을 보였다. 그들은 통증을 해결하면 식욕을 억제하지 못했고 식욕을 해결하면 만남을 요구했다. 만나고자 하는 욕구를 충족시키면 다시 일상적인 무언가를 원했다. 그리고 그 일상을 다 채우기도 전에 죽음을 맞이했다. 많은 이가 가족 앞에서, TV 앞에서, 일상 앞에서 죽었다. 이건 인간이 끝까지 관성의 노예일 수밖에 없음을 보여주는 것일까, 아니면 지극히 일상적인 호흡 속에서 가장 인간적인 모습으로 떠나는 자연스런 것일까?

극악한 고통에 짓눌린 가운데에도 몇몇 사람은 홀로 성큼성큼 삶의 끝까지 걸어가 죽음 속으로 들어갔다.

우리는 살아온 대로 죽어간다. 기적 같은 마무리는 머릿속에나 존재할 뿐이다. '때가 되면 몸도 마음도 준비가 되겠지', '내 마지막은 우아하고도 담담하겠지' 하고 여기지만 삶을 대하는 태도를 바꾸지 않는 이상 마지막 순간은 생각만큼 아름답지 않다.

호스피스에서 만난 한 할머니는 돌아가시기 전날까지 고스톱을 쳤다. 식도부터 대장까지 암이 전이돼 음식을 먹을 수 없었던 어느 할아버지는 하루에 열 시간씩 요리 프로그램을 보다가 돌아가셨다.

우리의 욕망과 관성은 질기고도 모질다. 그것은 생의 마지막 순간까지도 우리 삶에 들러붙어 우리를 절대 놓아주지 않는다. 어떻게 죽어야 하는가를 고심하며 삶과 죽음의 의미를 곱씹을 여유조차 주지 않으려 하는 삶의 관성은 무시무시할 정도다. 나는 그것이 너무 강해 우리가 쉽게 넘어설 수 없는 벽임을 가슴 아프게 지켜보았다.

죽음이 곁으로 바짝 다가왔을 때 그 관성은 마약이라도 집어 삼킨 듯 더욱더 집요하게 우리를 옭아맨다. 흔히 삶의 경험이 켜켜이 쌓이면 사고방식이 좀 더 유연해지고 깊이가 더해져 세상을 철학적으로 넓게 사유할 거라고 생각한다. 이건 한쪽만 고려한 관점이다. 다른 한편으로는 오래된 욕망의 관성이 굳은살처럼 영혼까지 잠식해 우리를 돌이킬 수 없는 지경으로 몰아간다.

우리가 살아 있는 날 중에서 가장 젊은 오늘, 스스로를 해체하고 새로이 갱생시킬 수 있다면 삶은 다시 한 번 우리에게 기회를 줄 것이다.

나는 많은 사람에게 죽음을 보여주고, 아직 죽음이 멀리 있다고 생각하는 이들이 죽음을 느끼도록 해주고 싶었다. 정신없이 시간에 밀려다니다 보면 그나마 삶 속에서 건져낸 알량한 의미마저 신기루처럼 느껴지기도 한다. 혹시 우리가 이미 빠른 속도라는 관성에 굉장히 익숙해져 그걸 당연시한다는 사실을 알고 있는가. 그 관성에서 벗어날 기회는 '지금 이 순간'밖에 없다. 올바른 정신으로 삶을 영위할 기회 역시 '지금 이 순간'밖에 없다.

이것은 내가 다큐멘터리 영화 〈목숨〉을 만들며 절절히 깨우친 바다.

"건강했다면 결코 알지 못했을

많은 것을 깨달았습니다.

하느님이 내게서 큰 것을 빼앗아갔지만

그에 못지않은 큰 것을 주셨습니다.

진심으로 대하고, 진심으로 아끼는 법을요."

_박수명

"사는 게 어찌 보면 늘 똑같잖아요.
지지고 볶고 아웅다웅하면서 감사하기보다
늘 욕심대로 하려고 하지요.
나도 남편이 하는 일이 잘됐으면 좋겠다는
생각만 했었어요. 그런데 이 상황에 놓이니까
그동안 참 많은 것을 누렸구나,
정말 감사한 일이 많았구나 하는 생각이 들어요.
그간 남편이 건강하게 잘 지낸 것도 감사하고
남편이 내게 해준 것도 감사하고 그래요.
이제야 그게 보이네요. 겨우 깨달았는데
함께할 시간이 얼마 남지 않았다는 게
아쉽기만 합니다."
_박수명의 아내

"지금 해.
나중으로 미루지 말고…"

"남편이 암이라는 진단을 받고 만약 나도 암에 걸리면 뭘 할까, 생각하다가 유럽에서 한 달만 살아봐야겠다 싶었어요. 나를 아는 사람이 한 명도 없고 말도 통하지 않는 곳에서 혼자만의 시간을 갖고 싶어서요. 아이들이 다 자랄 때까지는 그러기가 힘들겠지요. 둘째가 스무 살은 되어야 하고 또 군대도 보내야 하고……."

아내의 말에 곁에 있던 남편 박수명 님이 서둘러 막아섰다.

**남편** : 아냐, 나중으로 미루지 마. 내 일 해결하면(나 죽고 나면) 바로 떠나. 애들을 당신이 키워야 한다고 생각하지 마.

**아내** : 그래도 옆에 있어야지. 애들이 한창 엄마 손길을 필요로 하는 나이인 데다 시간도, 돈도 그렇고.

**남편** : 한 달은 그리 긴 시간이 아냐. 내가 반납한 비자금으로 갔다 와.

**아내** : 근데 진짜 궁금하다. 그 비자금으로 뭐하려고 했어?

**남편** : 딱히 어디에 쓰겠다는 생각으로 시작한 건 아니고 그냥 모으는 재미가 쏠쏠했어. 근데 어느 정도 모이니까 당신이 결혼 20주년 때 같이 유럽 여행 가자고 한 말이 생각나더라고. 아마 그때 썼을 거야. 갑자기 짠~ 하고 보여주면 당신의 기쁨이 더욱 컸겠지.

18년차 부부. 성경만 보는 아내와 북유럽 스릴러 작가 요 네스뵈에 빠져 있는 남편. 다양한 책을 접하고 경험하라고 말하는 남편과 읽고 또 읽어도 깨닫지를 못해서 성경 읽기에도 바쁜데 다른 책을 어떻게 읽느냐고 받아치는 아내. 단도직입적으로 말해야 속이 시원하다는 아내와 풍성하게 이야기를 돌려서 말하는 남편. 좀체 길을 묻지 않는 남편과 행인을 붙잡고 길을 물어야 직성이 풀리는 아내. 두 사람은 참으로 달랐다. 하지만 그들은 부부로, 친구로, 동지로 18년을 함께 살았다.

"15년까지는 정말 많이 힘들었어요. 여느 부부처럼 티격태격하며 많이 다퉜죠. 15년이 지나고 서로를 좀 더 이해하면서 살 만하니까 이런 일이 생기네요. 우리 부부는 그래도 굉장히 잘 지낸 편이에요. 닭살이 돋을 만큼 곰살갑게 굴며 산 것은 아니지만 아주 나쁘지도 않았어요. 그냥 친구처럼, 인생의 동지처럼 살았지요."

남편의 투병을 지켜보며 자신에게도 마지막 순간이 온다면 무엇을 할까 생각한 아내는 아직은 그런 계획을 세우는 것조차 자신에게 사치라는 결론을 내렸다. 아들이 군대를 다녀올 때까지 기다려야 하고 딸이 더 커서 제 손으로 인생길을 개척하는 모습을 봐야 한다는 의무감이 앞선 게다. 그렇게 그녀는 상상으로 하는 계획조차 멀찌감치 미뤄두었다. 한데 생의 마지막 순간을 보내고 있는 남편은 단호하게 말했다. 나중으로 미루지 말라고. 바로 떠나라고.

삶의 마지막 순간에 이르러서야 간절해지는 일이 아주 많다. 문득 누군가가 보고 싶고 오랫동안 꿈꿔왔지만 미처 손대지 못한 것을 해보고 싶은 마음이 굴뚝같다. 어떤 환자는 다 낡은 자신의 몸을 정성껏 닦아주는 목욕 봉사자들을 보며 이토록 값지고 아름다운 봉사가 있음을 알았더라면 건강했을 때 남을 위해 봉사했을 텐데 하면서 아쉬워했다.

지금이 아니면 대체 언제 할 것인가. 실상 우리에게 내일은 없다. 내일이란 그저 달력에만 존재할 뿐이다. 오늘, 이 순간의 호흡에 이어 다음 호흡이 닫히면 삶은 뚝 끊어지고 만다. 그런데도 우리는 그걸 망각하고 자꾸만 내일, 내일로 미룬다. 내가 호스피스에서 배운 굵직한 삶의 조언은 이것이다.

'지금 하라.'

호스피스에서 환자를 돌보는 한 수녀는 "예전에는 부모님이 불러도 바쁘다며 잘 가지 않았는데, 이제는 부모님의 호출이 떨어지기가 무섭게 달려가 재롱을 피운다"고 말했다. 죽음을 가까이에서 지켜보며 무엇이 더 중요하고 무엇이 덜 중요한지 분명히 깨달으면 저절로 그렇게 된단다.

마지막으로 떠난 가족여행. 장작불이 점점 사그라지자 장작을 패는 아들의 모습을 박수명 님은 오래도록 바라보았다. 먼저 떠나야 할 아빠의 아들을 향한 애정과 안쓰러움이 뭉근하게 내면으로 타들어가는 장작불의 알불처럼 남았다.

## 삶에서
## 놓지 말아야 할 질문

호스피스 운동의 선구자라 불리는 엘리자베스 퀴블러 로스는 '진정한 나는 누구인가', '나는 어디서 와서 어디로 가는 존재인가'라는 질문을 평생 놓지 않았다고 한다. 죽음을 통해 삶을 돌아보게 만드는 연금술사, 퀴블러 로스는 이렇게 말했다.

"사람들이 오늘 할 일을 내일로 미루는 까닭은 자신이 영원히 살 것처럼 삶을 영위하기 때문입니다. 하지만 오늘 할 일을 내일로 미루면 그 하루의 삶을 손해 보는 셈입니다. 우리에게 가장 중요한 날은 바로 '오늘'입니다.

타임아웃time-out은 끝이자 시작입니다. 만약 지금의 상황이 힘들고 아프고 몸서리치게 싫다면 잠시 타임아웃을 요청하고 자신이 정말 힘들고 어려웠던 순간을 생각해보십시오. 아무것도 아닙니다. 그저 지나가는 일의 한 부분일 뿐입니다."

나는 간혹 '속도'를 생각한다. 혹자는 현대사회의 속도에 보조를 맞추지 못하는 사람이 도태되고 소외될 수밖에 없는 현실을 꼬집어 속도를 바이러스에 비유한다. 일본의 소설가 무라카미 하루키는 나날이 속도 경쟁을 하는 마라톤 경기를 두고 "이것은 바람직한 변화일까? 잘 모르겠다"라고 말했다.

그럼 우리의 마음을 운전기사라 보고 그 마음을 담고 있는 몸을 자동차라 생각해보자. 우리는 매일 자신이 어디로 가는지도 모르는 채 자동차의 액셀을 힘차게 밟는다. 목적지가 불분명해 허둥지둥 정신이 없는데 사방에서 빵빵거리고 경적을 울려대니 좌우를 살필 겨를도 없이 무작정 앞뒤 속도에 맞춰 내달리는 것이다. 내가 어디로 가고 있는가를 물을 겨를은 당연히 없다.

휴게소가 어디쯤 있을지는 대충 짐작은 한다. 하지만 그것은 인생을 먼저 걸어간 이들이 남겨놓은 발자국을 보며 사회적 관념에 맞춰 으레 그렇겠거니 하는 것에 불과하다. 즉, 10년차가 되면 과장이 되고 사십대 후반이면 은퇴를 가늠해야 한다는 것쯤은 알고 있지만 정작 삶의 목적지는 알지 못한다. 왜 사는지, 무엇을 위해 사는지, 내 삶의 진정한 목적지는 어디인지 아는 사람은 많지 않다. 그저 남들 하듯 액셀을 밟다 보면 도착하는 곳이 그 질문의 답일 거라고 막연히 생각할 뿐이다.

슬프게도 남들이 상정한 목적지에는 삶의 답이 없다. 우리 자신을 똑바로 바라보고 습관적인 경로에 쉼표를 찍지 않으면 답 없는 길을 마냥 달려야 한다. 달리다 보면 자동차가 고장이 나기도 한다. 자동차가 고장 나면 차만 점검하지 말고 운전기사도 돌아볼 필요가 있다. 마음을 휘휘 저어 자신이 어디로 가는지 알려줄 나침반을 찾아내야 한다.

몸이 아플 때, 직장에서 해고당했을 때 우린 순간적으로 삶이 딱 멈춰버린 듯한 느낌을 받는다. 그러나 그걸 고통으로만 받아들이지 말고 자신의 내면으로 걸어 들어가 질문하는 시간으로 써야 한다. 대부분의 사람이 그러하듯 차를 고치는 데 시간을 다 보내고 다시 차에 올라타 액셀을 밟으면 달라지는 것은 없다. 여전히 목적지도 모르는 채 또다시 속도에 맞춰 달릴 뿐.

그렇게 환경에 밀려다니다가 나이 쉰이 되고 예순이 되어 사회적, 육체적으로 제약을 받으면 가장 먼저 우울과 상실이 찾아온다. 차의 속도를 늦춰야 하는 상황이 찾아왔다는 것은 곧 마음에 질문을 던지며 속도를 조절하라는 의미임에도 불구하고 오히려 마음의 문을 닫아버리고 회색빛 우울에 갇혀버린다는 얘기다. 이때 우리는 마음의 여행을 떠날 기회를 잃고 만다.

너무 고되게 달려온 차가 드디어 멈춰 섰을 때조차 우리는 차에서 내려 걸어갈 생각을 하지 않고 어떻게든 새 차처럼 고쳐서 그 차로 승부를 보려고 한다. 이것이 우리의 맨얼굴이다.

어느 날 벤처업계에서 성공신화를 이룬 한 남자의 죽음을 신문기사로 접했다. 이제 갓 쉰을 넘긴 나이건만 사람들은 그의 죽음 앞에서도 그가 이룬 신화만 이야기했다. 나는 그 성공의 속도를 가늠해봤다. 우리 모두가 120의 속도로 달릴 때 혹시 그는 500이라는 거의 불가능한 속도로 달리느라 인생이 너무 일찍 고갈된 것은 아닐까? 그는 어디로 갔을까? 그의 목적지는 과연 어디일까?

우리는 빠른 속도로 내달리며 겉보기에 제법 그럴싸한 성취를 하나하나 맛본다. 그런데 그 현실적인 성취가 주는 달콤함은 몇 초 혹은 몇 분 만에 사라지고 다시 우리는 금세 사라져버린 그 성취감을 목표로 엑셀을 밟는다. 많은 것을 쌓으며 아무리 빠른 속도로 멀리까지 달려가도 삶의 목적지를 모르면 남는 것은 허무와 후회뿐이다.

엘리자베스 퀴블러 로스는 말했다.

"사람들은 때로 자신이 생각해온 것과 다른 진정한 자신을 발견하고는 당황합니다. 생명이 얼마 남지 않았다는 진단을 받고 나서야 비로소 사람들은 처음으로 자신이 누구인지 알아내려는 시도를 합니다."

너무 멀리 가지 말고 지금, 질문을 해야 한다. 지상에서의 우리 삶이 머지않은 장래에 끝난다는 사실을 똑바로 바라봐야 하기 때문이다. 내키지 않는다고 자신에게 죽음이 찾아올 가능성을 서둘러 외면해버리면 가슴을 쥐어짜는 고통을 대가로 치러야 한다.

## 작은 다짐

호스피스 병동에 간 환자들에게 의사는 처음에 이런 질문을 한다.

"편안하게 해드릴까요? 아예 주무시는 것처럼 해드릴까요? 좀 아프지만 깨어 있는 시간이 많게 해드릴까요?"

"죽는 법을 배워라.

그러면 그대는 사는 법을 배우게 되리라."

_《티베트 사자의 서》 중에서

진통제의 양과 종류를 어떻게 조절할까 묻는 것인데, 어떤 선택을 할지는 환자가 결정한다. 삶을 대하는 태도도 이와 비슷하다. 일상의 관성과 속도에 마취된 안온을 추구하며 잠들듯 살아가는 방식과 고통스럽지만 깨어 있는 영혼으로 현실과 삶의 의미를 직시하며 살아가는 방식. 환자가 어떤 선택을 하는지를 보면 그의 삶의 태도가 조금은 드러난다.

삶과 죽음은 연결돼 있다.

한데 우리는 죽음을 보면 삶을 돌아보지만, 삶의 한가운데에 있을 때는 언젠가 그 삶이 끝난다는 사실을 잘 인식하지 않는다. 지인의 장례식장에 다녀오면 한동안만 삶을 생각할 뿐 이내 잊지 않는가.

영화 〈목숨〉을 찍으며 나는 여든 분 정도가 삶과 작별하는 모습을 지켜보았다. 그때 나는 올지 오지 않을지 기약이 없는 먼 미래를 바라보며 살기보다 현재에 충실하자는 생각을 했다. 그리고 허술하기 짝이 없는 내 의지와 기억력에 의존하지 않으려 이런 다짐을 썼다.

5년 이상의 계획을 세우지 말자.

현재에 최선을 다하자.

가까운 이들과 더 많은 시간을 함께 보내자.

## 죽음은 우리 가까이에 있다

"모현에 있을 때는 내가 또 봄을 볼 수 있을까 싶었는데 벌써 봄의 한가운데에 와 있네요."

호스피스에 머문 지 3개월쯤 되었을 때 박수명 님은 호스피스를 떠나 신촌 세브란스에서 항암치료를 받았다. "이렇든 저렇든 어서 결판이 났으면 좋겠다"고 자주 말하던 그가 가족을 위해 하루라도 생을 연장하기 위한 치료를 받기로 결심한 것이다. 항암치료로 암덩어리가 줄어들면 수술을 받을 수도 있지 않을까 하는 희망을 품고.

"처음에는 이렇게 가는 것도 괜찮겠다고 생각했어요. 내 나름대로는 여한 없이 살았으니까. 그런데 한번은 아내가 이런 말을 하더라고요. 당신이 하루라도 더 있었으면 좋겠다고. 식물인간이어도 좋으니까 곁에만 있었으면 좋겠다고 속내를 얘기하더라고요. 나는 홀가분하게 가는 것이 좋을 거라고 여겼는데 그건 내 생각만 한 것이었어요. 지금은 최대한 옆에 있어줘야겠다는 생각으로 바뀌었죠. 아내와 헤어진다는 건 정말 결정하기 힘든 문제더군요."

담당 의사도 신중하게 결정하라고 말했다.

정말로 사랑하는 사람들과 헤어질 수 있을까? 이별을 진심으로 담담하게 받아들일 수 있을까?

이 질문 앞에 선 박수명 님은 사랑하는 이들과 하루라도 더 함께 있겠다는 결론을 내렸다. 비록 치료가 떠안기는 엄청난 육체적 고통을 감내해야 할지라도 말이다.

부부는 병원에서 헤어짐 이후의 삶을 두런두런 주고받았다. 떠나야 하는 남편은 남아서 그걸 지켜봐야 하는 아내에게 당부했다. 일단은 무조건 행복하라고. 많이 웃고 여행도 다니면서 즐겁게 살라고. 자신이 하지 못한 봉사도 많이 하면서 살아달라고.

지금까지 찍은 영화를 통틀어 〈목숨〉은 내게 가장 큰 잔영을 남겼다. 다큐멘터리 영화 감독이다 보니 나는 항상 출연자들과 일정 거리를 유지하려 애쓴다. 그것이 감독의 역할이자 건강한 관계를 유지하는 비결이라고 생각하기 때문이다.

그런데 박수명 님을 만났을 때는 첫 번째 인터뷰에서부터 그 일정 거리가 무너지고 말았다. 처음 만나면 보통 마른 모래가 서걱거리듯 이야기가 건조한데 그와의 인터뷰를 마치고 나는 기어코 눈물을 쏟고 말았다. 30분 동안 눈물을 멈추지 못하는 내게 박수명 님 부부는 되레 손수건을 건네며 위로를 해주었다.

박수명 님의 아내가 내게 이런 말을 했다.

"외국 속담에 그런 게 있대요. 죽음은 청년한테는 뒤통수에 있고 노인한테는 눈앞에 있다고. 노인은 늘 '내가 곧 죽겠지' 하고 죽음을 생각하는데, 청년은 젊으니까 죽음을 별로 생각하지 않잖아요. 그런데 눈앞이든 뒤통수든 결국 죽음은 우리 가까이에 있다는 말이에요.

사실 우리가 언제 죽을지는 아무도 모르죠. 다만 고통 속에서 죽음을 맞이한다는 게 안타까울 뿐이에요."

박수명 님의 삶을 들여다보면서 어느덧 나는 나 자신을 보게 되었다. 한번은 눈물을 펑펑 쏟으며 잠에서 깨어난 적이 있다. 꿈속에서 나는 앰뷸런스에 실려 어느 곳으로 옮겨졌는데, 도착하고 보니 박수명 님의 병실이었다. 나는 그의 침대에 누워 있었고 의사, 간호사, 수녀 등 많은 사람이 들어와 내 어깨를 두드리며 물었다.

"그간 임종을 많이 지켜봤으니 잘 준비할 수 있겠죠?"

아내마저 자리를 뜨고 홀로 방에 남은 나는 하염없이 눈물을 흘렸다. 서럽고 외롭고 '당신들이 정말 내 마음을 아느냐' 하는 생각이 들었다. 혼자 이 길을 가야 하는데 아무리 많이 봤다고 한들 내가 어떻게 알 수 있느냐고, 내 마음을 아는 척하지 말라고 말하고 싶었다. 심장 밑바닥까지 외로움이 엄습했다. 꿈속에서지만 나는 그 외로움을 누구에게도 설명할 수 없고, 그 누구도 이해할 수 없을 거라고 생각했다. 그렇게 울다가 잠에서 깨어났다.

이후 박수명 님과의 거리를 유지하기는 더욱더 힘들었다. 카메라로 만난 사이였기 때문에 우리는 카메라를 옆에 두고 이런저런 이야기를 나누었다. 나는 그런 촬영 분을 영화에 담지 않을 거라는 걸 알면서도 카메라를 켜두었다. 우리에게는 카메라가 서로를 연결시켜주는 웜홀 같은 통로였다. 그 웜홀을 통해 나는 그의 내면 세계를 방문했고 다시 내 세계로 돌아올 때도 그 웜홀을 이용했다. 시간이 지나면서 우리는 웜홀 없이 서로를 넘나들 만큼 가까워졌다. 그리고 그의 임종 소식을 들었을 때 나는 카메라를 가져가지 않았다. 그의 마지막에 카메라 포커스를 맞출 자신이 없었다.

"정말 카메라를 가져가지 않아도 돼요?"

촬영감독은 되물어도 반응이 없는 내가 불안했던지 차에 카메라를 싣고 장례식장을 찾았다. 그날 나는 친구를 조문하러 그곳에 갔고 친구를 생각하며 술잔을 기울였다.

젊은 나이에 먼 여행을 떠나면서 그는 젊은 내게 삶의 목적지를 물었다. 참으로 고마운 친구이자 스승이었다.

삶은

—

호스피스 병동을

—

아는 데서 시작된다

언제든지 죽음이 닥쳐올 수 있다는 것을

받아들이는 순간,

우리는 겸손해질 수 있습니다.

죽음은 우리 인생에서 가장 큰 스승이자

가장 큰 공부입니다.

_정목 스님

## 모현 호스피스
## 이야기

"뭘 찍어! 저리 가!"

수학교사였던 박진우 님(75세)은 췌장암 말기 환자였다. 흔히 가장 피하고 싶은 암이 췌장암이라는 말이 있을 만큼 췌장암은 몹시 고통스럽다. 그는 호스피스에 들어온 지 일주일이 지나도록 거의 한마디도 하지 않았다. 뭔가에 잔뜩 화가 난 상태라 말조차 건네기가 힘들었다. 촬영팀은 그런 그를 요주의 인물로 보고 그가 복도에 나타나면 카메라를 들고 숨기 일쑤였다. 나중에 알고 보니 그는 종합병원에서 열두 번의 항암치료를 받는 동안 몸의 상처만큼이나 마음에도 깊은 상처가 난 상태였다. 그의 말대로라면 "석 달 동안 정신없이 주사만 맞았다." 박진우 님은 주변 사람들에게 이곳이 좋다는 말을 듣고 옮겨왔다는데, 처음에는 일반 대학병원 암병동과 비슷하다고 생각한 모양이다.

"그 대학병원을 완전히 떠날 생각은 아니었어요. 그냥 배도 아프고 옆구리도 아프고 통증이 심하니까, 좋다는 곳에 한번 가보고 시원찮으면 다시 대학병원으로 와야지 하는 심산으로 오게 된 겁니다."

"오시니까 어떻습니까?"

"여기는 일단 마음이 편해요. 내가 그동안 병원에 다니면서 말을 거의 하지 않고 살았는데 여기 와서 말이 많이 늘었어요. 그나마 여기서 가장 편하게 지내고 있는 거지요. 사람들과 친하게 지내기도 하고."

박진우 님이 '좋다는 곳'이라고 소개받은 모현 호스피스는 내가 촬영을 허락받기 위해 6개월간 무작정 기다린 곳이기도 하다. 나는 '죽음'을 앵글에 담기 위해 전국의 호스피스를 미친놈처럼 쏘다녔다. 일 년 반 동안 열여섯 군데를 찾아가 자료를 조사하고 때론 한 달씩 자원봉사를 하며 찾아다닌 끝에 나는 맨 처음 방문한 모현 호스피스가 내가 촬영해야 할 곳이라는 확신이 들었다. 이후에는 허락을 구하며 마냥 기다리는 시간이 이어졌다.

"얼마나 촬영하실 계획인데요?"

"최소 6개월에서 일 년은 걸릴 겁니다."

"그건 말도 안 돼요. 하루이틀도 아니고 일 년씩이나 있으면 환자들이 마음 편하게 지낼 수 있겠어요?"

영화 투자사는 그렇게 기다리기만 하면 어떻게 하느냐고 초조해했지만, 나는 이미 〈길 위에서〉라는 비구니 스님들의 수행 다큐멘터리를 찍으며 내 나름대로 하심下心을 체득한 덕도 있고, 때론 오직 시간

만이 열쇠가 되기도 하기에 초조감과 거리를 두었다. 다른 한편으로는 모현 호스피스에서 문을 열어주지 않는다면 포기하는 것이 도리라는 생각도 했다. 호스피스 다큐멘터리를 딱 한 편만 만든다면 모현이어야 한다는 생각이 들 만큼 그곳은 환자를 존중했기 때문이다.

장장 6개월간의 구애와 기다림 끝에 내 인내는 마침내 선물을 받았다. 완치가 어려운 환자가 육체적, 심리적 고통을 줄이고 마지막 시간을 보내며 남은 삶의 의미를 찾는 곳. 천국으로 가는 인생의 마지막 간이역이자 먼저 가는 자들과 남은 자들의 용서 및 치유가 이뤄지는 화해의 장소 호스피스.

## 죽이는 수녀들이<br>사는 세상

'죽이는 수녀들 이야기'는 책 제목이자 연극 제목으로 알려진 모현 호스피스 수녀들의 이야기다. 죽음이라는 말에 자동적으로 거부 반응을 보이는 어느 보호자가 왜 제목에 '죽이는'이 들어갔느냐고 불평하자 한 수녀가 '죽여준다, 멋지다, 대단하다'라는 의미라고 설명해주었다.

죽이는 수녀들의 이야기는 1877년으로 거슬러 올라간다. '임종자의 벗'이라 불리는 메리 포터(1847~1913) 수녀는 1877년 7월 2일 영국 하이슨그린에 '마리아의 작은 자매회'를 설립했다. "오늘 임종하는 사람들, 내일이면 너무 늦을 사람들을 위해 기도합시다"라는 메리 포터 수녀의 소명은 자신이 겪은 뼈저린 고통에서 비롯됐다.

그녀는 수녀회에 입회한 뒤 건강이 급속히 악화돼 그곳을 나와야 했다. 이후 그녀는 한 번도 건강한 적이 없었고 여러 차례나 수술을 받는 등 거의 죽음에 가까운 고통을 맛봤다. 통증의 공포에서 벗어나기 위해 기도를 하다가 병자와 임종자의 영혼을 구원해야 한다는 소명을 깨달은 그녀는 마리아의 작은 자매회를 설립했다.

우리나라에서 마리아의 작은 자매회가 호스피스 활동을 시작한 것은 1965년 강릉시 홍제동 갈보리 의원에서였다. 1987년 서울 답십리에 세운 모현 가정 호스피스는 서울 지역 최초의 가정 방문 호스피스다. 모현이라는 이름은 '어미 모'에 '언덕 현' 자를 써서 갈보리 언덕에서 예수님이 돌아가실 때 아들을 껴안았던 성모님의 마음을 표현한 것이다. 내가 촬영한 포천의 독립시설형 호스피스 모현 의료센터는 2005년 설립되었다.

내가 이곳을 처음 방문한 것은 8년 전, 그러니까 2007년 늦가을이었다. 그곳은 여느 병원과 달리 고요하다 못해 적막하다는 표현이 더 잘 어울렸다. 언뜻 바깥세상과 다른 시간이 흐르는 듯했다. 환자들의

평균 21일. 호스피스에 입원하는 환자들의
평균 생존 기간은 21일이다.
호스피스의 환자들은 누군가를 기다리고 만나고
누군가와 다투고 화해한다.
또 무언가를 갈망하고 회한하고 깨닫고
무언가에 분노한다.
나는 그들의 이야기를 가장 진실한 목소리로
전달하고자 했다.

슬로모션은 내가 예상한 그대로였지만 병원 직원이나 자원봉사자들까지 왠지 모르게 느린 시간 속을 살아가는 듯 보였다. 그 완만하고 느린 속도감은 그곳을 처음 방문한 사람들도 편안하게 만들어주었다. 첫 방문 때 나를 안내해준 수녀는 호스피스 봉사를 간략히 설명한 뒤 곧바로 나를 자원봉사자로 투입했다.

"수염이 많은 걸 보니 면도를 잘하시겠네요?"

"물론이죠."

얼떨결에 나는 남자 환자 네 명의 면도를 맡았는데, 생각보다 쉽지 않았다. 남의 수염을 면도하는 건 난생처음인 데다 환자는 누워 있으니 면도하는 동안 계속 허리를 구부리고 있는 것도 고역이었고, 무엇보다 환자의 얼굴 상태 때문에 몹시 힘들었다. 오랜 투병으로 바짝 야윈 탓에 얼굴에 깊게 패인 주름, 그 사이에 묻힌 수염은 갖은 방법을 동원해도 말끔히 깎이지 않았다.

한 분 면도를 마치는 데 족히 한 시간은 걸렸다. 네 분 중 세 분은 말간 미소로 고마움을 표했고, 예순이 넘은 한 분은 의식이 명료하지 않았는지 아니면 나만큼 겸연쩍었는지 눈길을 피했다. 그다음 날, 나는 그분의 임종 소식을 들었다. 적지 않은 충격을 받은 나는 이후로는 호스피스로 향하는 발걸음이 좀처럼 떨어지지 않았다. 심리적인 충격도 컸지만 이런 상황을 카메라에 담는다는 게 윤리적으로나 인간에 대한 예의로 볼 때 도무지 말이 안 된다는 생각이 들었다.

## 항암제를
## 가장 많이 쓰는 나라

"삶은 신생아실이 아닌 호스피스 병동을 아는 데서 시작됩니다."

어느 호스피스 전문의가 한 말이다.

한 수녀는 호스피스를 이렇게 정의했다.

"호스피스는 죽으러 가는 곳이 아니고 지금까지 살아온 인생을 아름답게 정리하는 곳이다."

많은 사람이 호스피스를 오해한다. 한 남자는 구순의 아버지를 호스피스로 모시며 '이건 옛날의 고려장이나 다름없는데 결국 내가 이런 짓까지 하는구나' 하는 생각에 가슴이 찢어지듯 아팠다고 털어놓았다. 짐을 꾸려 차에 타는 순간 구순의 아버지는 "저승에 끌려가는 것 같네" 하시며 지팡이를 잡은 손이 가늘게 떨렸다고 했다.

모현 호스피스에서 27일간 아버지를 모신 남자는 훗날 회상했다.

"아버지는 틈나는 대로 현실적인 여러 가지 일을 내게 인수인계하려 애쓰셨고, 어머니가 잠깐 자리를 비우면 같은 남자로서 아들에게만 부탁하는 별도의 말씀을 하셨습니다. 호스피스에 있던 27일간, 나와 아버지는 지난 50여 년보다 진실한 얘기를 더 많이 나누었습니다."

호스피스를 그저 '환자 거동이나 돕고 대소변 처리나 해주는 곳'으로 알았던 그는 교통사고나 돌연사가 아닌 예고된 죽음을 맞이하는 사람에게는 본인 스스로 남은 생을 정리하도록 도움을 주는 호스피스가 정말 필요하다며 호스피스 전도사를 자청했다. 그가 남긴 글의 일부다.

늘 아직 정리해야 할 것, 마무리해야 할 것이 있다며 삶에 대한 희망의 끈을 놓지 않던 아버지는 떠나기 일주일 전부터 변하기 시작했습니다. 평소 기가 넘쳐 형형하던 아버지의 눈빛이 온화하게 변하고 있음을 느꼈습니다. 수녀님의 끈질긴 기도를 유심히 듣는 한편 당신의 이야기를 하기보다 수녀님이나 간호사님들, 자원봉사자 여러분의 이야기를 관심 있게 듣기 시작했습니다.

떠나기 며칠 전부터는 만나고 싶은 사람들을 불러 달라 하시고, 떠나기 전날에는 아이들을 모두 오라고 해서 가족 한 명 한 명에게 마지막 고별사를 하셨습니다.

아버지가 당신을 닮았다고 유난히 귀여워하던 말썽꾸러기 막내에게는 "공부가 정 하기 싫으면 하지 마라. 그러나 앞으로 네가 무언가 하고 싶은 것이 있다면 그건 열심히 해야 한다"고 하시고, 시집 갈 나이가 다 된 큰딸의 남자친구에게는 "조씨 여자 데리고 살려면 힘이 든다"고 하시며 빙긋이 웃었습니다. 마지막으로 제게는 "그동안 수고했다. 어머니 잘 모셔라"라고 하셨습니다.

아이들이 모두 떠난 날 열 시 반이 조금 넘어 잠이 드신 아버지는 열한 시경 의식을 잃었고 다음 날 오전 열두 시경 영면에 드셨습니다. 한없이 귀여워하던 막내손주가 고사리 같은 손으로 심장박동을 확인하는 순간 심장이 멎은 것입니다.

저는 호스피스가 무언지 지금도 잘 모르지만 한 인간의 일생은 태어나는 순간부터 세상을 떠나는 그 순간까지인데, 우리나라의 수많은 병원 응급실, 중환자실에서 희망 없는 치료만 거듭하다 세상을 떠나는 사람들과 그 가족이 안타깝습니다.

그의 말처럼 많은 사람이 희망 없는 치료를 거듭하다가 고통 속에서 생을 마무리한다. 우리나라 말기 암환자의 호스피스 이용률은 2013년 기준 12퍼센트대로 OECD 국가 중 최하위 수준이다. 이는 미국 64퍼센트, 싱가포르 70퍼센트에 비해 굉장히 빈약한 수준이다. 이처럼 말기 암환자 중 호스피스를 선택하는 사람은 열 명에 한 명 꼴인 반면, 우리나라는 전 세계에서 항암제를 가장 많이 쓰는 나라로 꼽힌다. 굳이 비교하자면 캐나다의 열한 배, 미국의 네 배에 달한다. 가장 비극적인 양태는 말기 암환자가 사망 2주 전까지도 항암제를 투여받는 비율이 24퍼센트에 달한다는 사실이다. 이는 캐나다의 3퍼센트에 비해 여덟 배에 가깝다. 다시 말해 우리나라에서는 이별을 전혀 준비하지도 못하고 '죽을 때까지' 치료받느라 고통 속을 헤매다 결국 떠난다는 얘기다.

# 당신을 위한 거짓말

이탈리아에서 살던 고춘영 님은 담도암이 뼈까지 전이된 말기 암환자였다. 고춘영 님의 남편은 현지 병원의 조언에 따라 호스피스 시설을 찾아 한국으로 돌아왔다. 그 병원에서는 각 과에 사회복지사가 한 명씩 배정돼 담당 의사와 함께 환자의 상태를 여러 방면으로 분석한 후 환자에게 맞는 조언을 해준다고 한다. 그들이 들은 조언은 "앞으로 3개월 후면 직접 간병하는 것이 힘들 테니 시설에 가서 도움을 받으라"는 것이었다.

남편은 한국으로 와서 아내를 치료하고 간병하기로 결정했다. 처음 한 달은 '미련 없이 진찰해보자'는 마음으로 종합병원에서 지냈고, 마지막 두 달은 호스피스를 선택했다. 뼈까지 전이된 암 때문에 움직이지도 못하는 아내를 간병하며 남편은 참으로 많은 눈물을 흘렸다. 다른 환자들은 대부분 간병인의 도움을 받았지만, 그는 경제적으로 풍요로웠음에도 불구하고 간병인의 도움을 받지 않고 끝까지 아내를 돌봤다.

"처음에는 아내와 함께 산책도 하고 얘기도 나누면서 '아내가 행복하겠구나, 그래도 내가 옆에서 지켜주니 아내는 행복하구나' 하는 건방진 생각을 했어요. 시간이 지나고 임종의 여러 단계를 거치면서 내 생각도 많이 변했죠. 아내보다는 오히려 내가 아내와 함께할 시간을,

아내를 돌볼 기회를 받은 것이더라고요. 내가 여태까지 아내에게 진 빚을 갚을 기회를 얻었으니 얼마나 행복한 일이에요."

안타깝게도 환자인 고춘영 님은 입원 당시 모현 호스피스가 마지막을 맞이하는 곳이 아닌 자신의 병을 치료하는 곳으로만 이해하고 있었다. 남편이 차마 사실대로 말하지 못한 것이다.

"종합병원에서는 치료에 여러 가지 문제가 있었고 아내도 그걸 느꼈는지 퇴원하고 싶어 했어요. 내가 이전부터 여기를 얘기했는데 이참에 가보자, 치료를 해보자 한 거죠. 아내도 호스피스로 간다는 건 알았지만 마지막을 준비한다는 마음으로 온 것은 아니에요. 그런데 시간이 흐르면서 아내가 점점 알아챈 거죠. 어느 날 내게 말하더군요. '여보, 당신 참…… 잔인한 사람이야……' 하고요."

남편의 마른 볼 골짜기로 굵은 눈물이 흘러내렸다.

"누군가에게 무슨 얘기를 들었나 봐요. 그래서 내가 '죽긴 왜 죽어, 여기 치료하러 왔는데'라고 말했죠. 아마 그게 거짓말이라는 걸 알았을 거예요."

남편은 내가 건넨 손수건으로 눈물을 훔쳤다.

"한편으론 괴로웠지만 다른 한편으론 다행이다 싶었어요. 이제는 본인이 스스로 마음의 준비를 할 테니까요. 외국에 있는 딸과 사위를 불렀어요. 아내가 마음속 얘기를 하고 싶은 것 같아서요. 하긴 많은 얘기가 필요 없겠지요. 가족을, 사랑한다는 것 외에 뭐가 있겠어요."

아내를 호스피스로 데려온 자신의 마음을 언젠가 아내가 알아줄

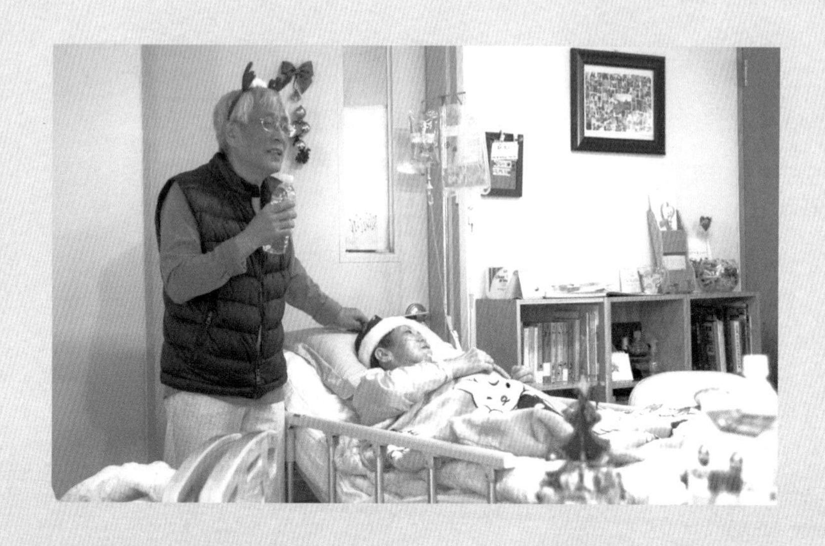

"아내에게 '죽긴 왜 죽어,

여기 치료하러 왔는데'라고 말했는데……,

아마 그게 거짓말이라는 걸

알았을 거예요."

거라 믿는다는 남편은 '당신 참…… 잔인한 사람이야……'라는 아내의 말을 옮기며 눈물을 참지 못했다. 아내를 위한 마지막 크리스마스 파티에서도 노래를 부르던 그는 물병 마이크가 덜덜 떨리도록 격한 눈물을 쏟아냈다.

"인생은 나그네길
어디서 왔다가 어디로 가는가."

그 한 소절을 채 부르지도 못하고 그는 눈물과 함께 주저앉았다.

"가끔 얘기해요. 나처럼 행복하게 산 사람은 그리 많지 않을 거라고요. 세상에 행복한 것처럼 보이는 사람은 많아도 실제로 행복한 사람은 많지 않잖아요. 이 정도면 됐죠. 후회는 없어요. 이렇게 마지막까지 아내를 돌볼 기회도 주어졌잖아요.

노부부들은 흔히 그러지요. 같은 날 죽자거나 당신보다 하루만 더 살겠다고. 그건 서로가 서로를 사랑한다는 표현이겠지요. 하지만 그런 행운은 아무에게나 오는 게 아니에요. 인생이 참, 그렇잖아요. 어느 날 갑자기 사고가 날지도 모르는 일이고, 마지막 순간이 언제 찾아올지 모르고. 그러니 순간순간 마음을 다하고 사랑하고, 그러면 되는 거죠. 그럼 후회는 없을 것 같아요."

그와의 마지막 인터뷰에서 그는 이렇게 말했다.

"여기 와서 좋았던 건 환자의 존엄성을 지켜준다는 점이에요. 봉사자들이 환자를 목욕시켜주고 머리도 다듬어주고 정성스럽게 보살펴주고. 환자와 보호자 모두 다급하게 임종을 맞이하는 것보다는 이렇게 마지막 한 달이나 두 달을 편하게 지내면서 의사 선생님이나 간호사 분들의 친절한 보살핌을 받는 게 좋겠다는 생각이 들어요. 이런 호사를 누리게 된 것, 정말 고마워요."

엘리자베스 퀴블러 로스가 쓴 《죽음과 죽어감》에는 이런 대목이 나온다.

"죽음을 앞둔 환자들은 종종 익숙한 환경을 떠나 응급실로 내몰리기 때문에 죽음은 더욱 외롭고 비인간적인 것이 되었다. 그런 상황에서 환자들은 건강한 상태에서라면 결코 참을 수 없는 일들을 겪는다. 온갖 소음과 조명, 기계 속에서 자신의 감정을 표현하기란 쉽지 않다."

실제로 병원에서 환자는 시간이 갈수록 사람이 아니라 하나의 물건처럼 취급받는다. 환자는 마음의 안정, 편안한 분위기, 존중 같은 것을 기대하기 어렵고 모든 결정은 환자의 의사와 상관없이 이뤄진다.

## 기적을<br>바라는 사람들

몸에 찾아온 질병을 치료할 가능성이 있는지에 대한 의료적 판단은 세 군데 종합병원을 찾아가 '불가능' 판정을 받으면 피할 길이 없다고 한다. 하지만 환자와 가족은 그 이후에도 계속해서 기적을 바라고,

이로 인해 살아서 누릴 기적을 놓치고 만다. 육신의 기적을 바라다가 영혼의 기적을 잃는다는 말이다. 물론 둘 다 얻는다면 더없이 좋겠지만 현실에서 그런 기적은 쉽게 일어나지 않는다.

고춘영 님을 바라보는 모현 호스피스 담당의 정극규 원장은 걱정하는 마음이 매우 컸다.

"근본적인 치료가 아니고 증상 완화가 목적인 환자였습니다. 그런데 본인은 증상 완화를 생명의 회생으로 착각하고 있었어요. 혹시 내가 여기서 어떤 치료를 받으면 살지 않을까 하는 기대와 희망을 품는 거죠. 이분뿐 아니라 많은 환자가 그런 생각을 합니다.

우리는 먼저 환자를 괴롭히는 여러 통증을 완화하려 애씁니다. 다행히 이분은 약물 반응이 상당히 좋았습니다. 통증이 많이 잡힌 거죠. 그렇게 통증이 가라앉으니까 또 다른 욕구가 생기는 겁니다. 먹으려는 욕구나 마비된 다리를 회복시키고자 하는 욕구, 기운을 차려 무언가를 해보려는 욕구 같은 것이 생기기 시작하는 거지요. 더불어 여기에서 비롯된 온갖 정신적 갈등이 늘어납니다."

영화 〈목숨〉을 본 후 누군가는 환자에게 냉정하게 말하는 정극규 원장이 원망스럽기까지 했다고 말했다. 영화 속 한 장면에서 정 원장은 박수명 님을 찾아가 냉정하게 말했다. 당시 박수명 님은 간헐적으로 항암치료를 받는 중이었고 배에 복수가 가득 차 있었다. 복수를 모두 빼내야 했지만 그러면 좋은 영양분까지 다 빠져 기력이 떨어지는 걸 염려한 박수명 님 부부는 어느 정도 복수를 빼고 막아놓기를

오랜 시간 호스피스의 발전을 위해 노력해온 정극규 원장

반복했다. 그때 정 원장은 에두르지 않고 말했다.

"복수가 생긴다는 것은 복막에 전이된 암세포들이 활발하게 활동하고 있다는 뜻이에요. 다시 말해 지금 치료하는 약제가 전혀 듣지 않는다는 의미지요. 지금 암과 씨름을 하려고 하시잖아요. 근데 암세포는 그 싸움에서 절대 지지 않아요. 싸움에는 승산이 있어야 하는데 우리에겐 별로 승산이 없어요."

박수명 님의 아내가 조심스럽게 반박했다.

"만약 항암치료를 받지 않으면 복수도 잡을 수 없는 거잖아요."

정 원장은 조금의 틈도 없이 이어 말했다.

"항암치료를 받는다고 복수가 잡힐 줄 아세요? 그렇지 않아요. 본인이 암과 끝까지 싸운다는 생각을 하면 본인만 힘들어져요. 그 싸움을 추구할 것인지, 남은 삶의 질을 추구할 것인지 선택해야 해요.

대학병원에 입원해봤으니 아시겠지만 거기서는 호스피스에서 많은 사람이 돌아가신다고 얘기해요. 한데 대학병원에서는 여기보다 더 많은 사람들이 사망하지요. 이건 인생이 걸린 아주 중대한 결정이에요. 결정을 한 후에는 스스로 책임을 져야 하고요.

어떤 방법이 가장 좋을지는 본인이 생각해야 해요. 자꾸만 '혹시' 하는 유혹에 빠지면 결국 고생하고 말아요. 합리적으로 생각하고 심각하게 결정해야 해요."

냉정하게 들릴 수도 있지만 호스피스에서는 의사, 사회복지사, 성직자, 간호사 등이 함께 팀을 이뤄 환자들이 현실을 잘 인식할 수 있도록 도와주려 애쓴다. 자신의 상태를 거부하거나 부정하지 않고 잘 받아들이도록 하는 것이다. 어쩌면 "왜 살겠다는 희망을 꺾어요?" 하고 물을지도 모른다. 그 질문에 대한 대답은 정 원장의 한마디로 대신하련다.

"우리는 불가능한 희망을 현실적이고 가능한 희망으로 돌려주려는 노력을 합니다."

누구나 이따금 '내 삶이 달랐더라면' 하는 생각을 한다.

하지만 그런 기대는 오히려 마음에 상처만 남길 뿐

달라지는 건 없다.

그저,

살고 있는 지금 이 순간의 자기 자신을 받아들이는 것이

현명한 자세다.

삶은 피하도록 되어 있는 게 아니라

마지막 순간까지 살아내도록 되어 있다.

## 죽음을
## 가까이 하라

죽음 앞에서 우리는 어찌할 바를 모르는 무력한 존재다. 생명의 탄생은 축하하고 기뻐해주면 그만이다. 반면 죽음 앞에서는 모두들 어떻게 대처해야 할지 몰라 당황한다.

죽음을 피할 수는 없으며 주어진 시간을 어떻게 살아갈지 선택하는 것은 우리의 몫이다. 누구보다 죽음을 가까이에서 경험하는 정 원장은 이 시대를 살아가는 사람들이 조금 더 죽음과 친숙해질 필요가 있다고 말한다.

"우리가 여행할 때는 비행기를 많이 이용하죠. 비행기를 타고 가다가 기류 변화가 생겼을 때 갑자기 툭 떨어지는 듯한 느낌을 경험한 분이 많을 겁니다. 그때 사람들의 심정은 누구나 똑같을 거라고 봐요. 기류가 안정을 되찾으면 몰라도 난기류가 지속되면 누구든 긴장을 하지요. 나는 속으로 기도를 합니다. '아, 편안하게만 해주세요.' 사실 죽음은 암환자뿐 아니라 우리 모두의 곁에 언제든 도사리고 있는 거예요.

나는 환자들을 통해 간접적으로 죽음을 많이 체험했기 때문인지 몰라도 죽음이 크게 낯설지도 두렵지도 않아요. 현 시대를 살아가는 많은 사람이 죽음을 생소하게 여기고 죽음을 제대로 맞이하지 못해 어떤 시스템에 몽땅 맡기려는 경향이 있어요. 옛날에는 누구네 집 어르신이 세상을 떠나면 마을 전체가 모여 음식도 하고 상여도 메면서 잔치 분위기였어요. 한마디로 죽음을 친숙하게 경험하는 거죠. 최근에는 아파트에서 생활하는 경우가 많고 핵가족이라 죽음을 경험하는 일이 드물기 때문에 누군가가 돌아가시면 두려움에 일단 병원에 맡겨요. 그렇게 지금은 죽음과 점점 멀어지고 죽음을 두려워하는 사회가 되었어요."

수십 년간 죽음을 목전에 둔 사람들을 진료한 정 원장에게 가장 기억에 남는 환자가 누구인지 묻자, 10여 년 전 '참으로 멋있게 죽어간' 한 사람의 이야기를 들려주었다.

나는 멋있게 죽어간 분들은 꼭 기억합니다. 그중 위암으로 10년 전에 돌아가신 분이 있습니다. 어느 날 그분이 자신의 남은 생이 얼마나 되는지 알려달라고 하더군요. 당시 내가 "한두 달 남았습니다"라고 하니까 그분은 인생을 멋있게 완성할 방법을 고민하더군요. 그분은 우리와 함께 상의를 했어요. 우리는 이런 권유를 했지요.

"선생님은 지금까지 대단히 굴곡지고 영욕이 어우러진 삶을 살아왔는데, 그런 삶을 살아오면서 인생관이 무엇이었다는 것을 자식들과 손주들에게 알려주십시오. 그게 호스피스입니다."

그분은 한 달 정도 자신의 인생 스토리를 쭉 적었고, 나중에는 딸이 대필을 해서 작은 책자를 하나 만들었어요. 자신의 인생 이야기를 만든 겁니다. 그분이 한 얘기가 아직도 귓가에 쟁쟁합니다.

"나는 호스피스를 통해 내 인생을 멋있게 완성했습니다. 감사합니다."

죽어가는 사람이 "감사합니다"라고 말하도록 하는 게 호스피스의 힘입니다. 이것이 호스피스를 통해 이뤄지는 위대한 일이지요. 나는 그분이 대단히 존경스러웠고 나도 그분 같은 죽음을 택하고 싶다는 생각을 하고 있습니다.

엘리자베스 퀴블러 로스는 "무기력하고 고통받는 한 인간을 보는 순간 겁에 질려 외면하지만 않으면 우리는 어떻게든 환자에게 남아 있는 능력을 살려 의사소통을 할 수 있다. 환자들이 비인간적인 방식으로 식물인간처럼 살아 있는 것이 아니라 진정으로 살아 있도록 돕는 것이 곧 그들의 죽음을 돕는 것이다"라고 말했다.

물론 모두가 자신의 죽음의 모습을 선택할 수는 없다. 어쩌면 그건 '같은 날 가자'는 금슬 좋은 노부부의 바람처럼 얻기 힘든, 인생의 가장 큰 행운인지도 모른다.

## 전하지 못한 유언

내가 종합병원 중환자실을 처음 방문한 것은 가장 친한 친구를 면회하기 위해서였다. 그 후 어머니를 한 달 보름간 중환자실에 모시기도

호스피스에서 만난

한 할머니는

인터뷰 때마다 이렇게 말씀하셨다.

"즐겁게 살아야 돼요.

짧은 시간이라도 좀 즐겁게 살아야 돼."

했다. 그렇게 내가 몇 번쯤 들락거린 중환자실은 마치 동물 실험실 같은 느낌을 주었다.

환자들은 대부분 15도에서 30도 각도로 반쯤 누운 채 여러 개의 호스로 삶을 연명하고 있었다. 30년 지기 친구와의 마지막 인사는 단 10분간의 면회에 제한되었다. 하고 싶은 말이 많았지만 할 수 없었다. 나는 그저 "야, 뭐해. 빨리 일어나야지……" 같은 말만 반복했고 환자복에 대충 덮인 친구는 고개만 끄덕였다. 그로부터 일주일 뒤 그 친구는 내 꿈에 나타나 말했다.

"미안해, 내가 엄살을 피웠네. 이제 다 나아서 내일 퇴원한다."

그리고 그날 새벽, 나는 친구의 부음 소식을 들었다.

그 친구의 마지막 모습은 오랫동안 내 마음을 우울하게 했다. 매사에 비판적이고 날을 세운 듯 살아온 나와는 달리 편치 않은 환경 속에서도 늘 부처님 같은 미소를 입에 걸고 다니던 친구였다. 한데 그의 마지막 눈빛은 처량하고 초라했다. 중환자실이라는 멸균의 공간에서 30년 인연도 멸균된 것은 아닌가 하는 생각이 들 정도였다. 나는 그 친구가 그렇게 될 수밖에 없었던 조건에 대해 의문을 품기 시작했다.

그는 변종 백혈병을 앓았는데 그의 아내와 나는 그를 두고 여러 가지 일을 상의했다. 말기 암환자가 중환자실에서 증상이 완화돼 일반병실로 내려올 가능성은 절반이 채 되지 않았고, 산소 호흡기에 45일 이상 의존한 상황이라면 일반병실로 내려와도 폐 기능 악화로 평생

호흡기 신세를 져야 한다는 말을 들었기 때문이다. 그때 나는 좀 더 기다려보자는 말로 어정쩡하게 답했고 확실한 결단을 피했다.

친구가 세상을 뜬 지 두 달 후, 간암 말기인 형수에게 같은 상황이 찾아왔다. 나는 형과 거의 싸우다시피 해서 형수를 중환자실 대신 호스피스로 모셨다. 하지만 형수가 호스피스로 왔을 때는 이미 기력이 다해 하루 종일 잠만 잘 뿐, 가족과의 진정 어린 이별을 나눌 수가 없었다. 조카들은 병문안을 와서 잠든 엄마의 뒷모습만 황망히 바라보다 돌아갔다. 형수는 그렇게 반수면 상태에서 어떤 매듭을 짓지 못한 채 2주를 보낸 후 임종을 맞이했다.

그로부터 열흘 뒤 나는 믿지 못할 상황을 맞았다. 때는 형수를 떠나보내고 영화 〈목숨〉을 진행하기 위해 투자자를 만나러 가는 길이었다. 옆에는 투자 진행을 도와주던 가까운 프로듀서가 동승하고 있었다. 금호터널을 지날 즈음 그 프로듀서가 갑자기 혹시 초등학생 남자 조카가 있느냐고 물었다. 어떻게 아느냐고 묻자 잠시 차를 세워달라고 부탁했다. 나는 친구를 떠나보낸 연세세브란스 병원 맞은편에 정차했다. 프로듀서는 오늘처럼 중요한 날에 이런 얘기를 꺼내서 미안한데 옆에 형수님이 와 계셔서 어쩔 수 없다고 했다. 그는 신기가 내려 몇 년 전에 내림을 받았는데 영화 프로듀싱 외에도 알음알음으로 찾아오는 사람들의 의뢰를 받기도 했다.

"형수님께서 몇 가지 전하고 싶은 말이 있다네요."

"내가 아이들을 피한 건 아이들이 싫어서가 아니라 피골이 상접한 내 모습을 보고 무서워하지 않을까, 나를 이런 모습으로 기억하지 않을까 싶어서였어요. 아이들이 크면 꼭 이야기해주세요. 정말 사랑한다고 말이죠. 그리고 형님께 전해주세요. 충분히, 충분히 (치료하려고) 노력했으니 미안해하지도 말고 후회하지도 말라고요. 내가 명이 짧아서 그런 거니까, 정말 고마웠다고 전해주세요. 마지막으로 막내가 많이 어리니까 클 때까지 잘 돌봐주시기를 부탁드려요."

신기가 든 프로듀서는 차분히 형수의 유언을 전했다.

"형수님께서 감독님께 큰 절을 올리고 뒤돌아서서 가시네요."

"가시는 곳이 어떤가요? 좋은 곳 같아요?"

"네, 억새가 펼쳐진 아름다운 벌판이네요. 황혼이에요. 좋은 곳으로 가시는 것 같아요."

여느 형수와 시동생처럼 내게 동갑의 형수는 늘 등거리가 있었다. 나는 형수를 떠나보내며 처음으로 눈물이 났다. 왜 하필 내게 그런 말을 전했을까?

카네기멜론 대학에서 컴퓨터공학을 가르치다 췌장암으로 세상을 떠난 랜디 포시는 《마지막 강의》에서 아이들에 대한 절절한 마음을 담아내고 있다.

"나는 내가 잃을 것보다 그들이 잃을 것에 더 집착한다. …… 그들 때문에 마음이 아프다. 내 아이들은 이제 아버지가 없어서 이것도 저

것도 그것도 못해보겠구나 하는 생각이 내가 방심하고 있을 때마다 쳐들어와 마음을 흔들어버린다."

아마 형수도 남은 아이들이 겪어야 할 세파와 빈자리의 공허감이 염려되어 그런 식으로라도 내게 당부를 전한 것인지도 모른다. 하지만 나는 독실한 크리스천인 형에게 차마 그 말을 바로 전하지 못했다. 반년이 지난 어느 날, 형 집에서 삼겹살을 구워 먹다 넋 나간 사람처럼 멍하니 저녁 하늘을 바라보고 있는 형에게 조심스레 말을 꺼냈다. 강인한 인상에 도무지 속내를 보여주지 않는 형은 내 말을 듣는지 마는지 화로 속 감자만 뒤적였다. 나는 다시금 생각이 들었다. 이 같은 말은 살아서, 눈을 마주하고 직접 전해야 한다고…….

사과를 맛보기 전에는 그 사과가 신지 단지 알지 못한다는 백흥암 주지스님 말처럼 사랑의 고백도 화해도 유언도 직접 전해야 한다. 호스피스는 둘만의 사과를 맛볼 마지막 공간이다.

## 마지막 시간에 대한 선택

종합병원 중환자실에서 끝까지 치료를 목적으로 한 처치를 받을 것인지, 삶이 조금 짧아질지언정 호스피스에서 통증을 조절하며 삶의 질을 높일 것인지는 환자와 가족이 함께 선택해야 한다. 그런데 호스피스 이용률이 최하위인 우리나라에서는 대부분 이를 선택할 기회마저 얻지 못한다. 존엄한 삶에 대한 가치를 선택할 기회는 없고 오로지 살기 위한 투쟁만 남는 것이다.

삶의 질은 뒤로한 채 그저 살려만 달라고 하는 가족, 고통스러운 상황을 모면하게 해달라고 요구하는 환자, 그리고 환자와 보호자의 요구에 따라 삶을 정의하는 일이 아니라 오로지 생명 연장에만 골몰하는 의료진이 우리의 현주소다.

예를 들어 여든 가까운 나이에 폐암에 걸려 폐를 절개한 뒤 남은 폐로 자가호흡이 힘들어서 남은 생애를 삽관[揷管]으로 인공호흡기에 의존해 살아가야 한다면 그것이 진정 사는 것일까? 의사에게 자신의 생을 맡기는 데 그치지 않고 그 생의 가치까지 맡김으로써 발생하는 육체적, 정신적 고통은 이루 말할 수 없이 힘겹다.

몸의 기적을 위해 영혼에 고통을 가하는 것은 다시 생각해봐야 할 문제가 아닐까?

마지막 시간에 대한 선택은 어디까지나 개인의 몫이고, 그것은 누가 옳다 그르다 말하기 어렵다. 다만 나는 관찰자로서 전달하고 싶을 뿐이다. 만약 내 영혼이 타고 있는 육체라는 차가 고장 났다는 사실을 알면 우리는 어떤 선택을 해야 할까? 계속 같은 속도로 달리면 차가 폭발할 수도 있고 갑자기 멈춰버려 뒤에서 달려오던 차와 함께 더 큰 사고가 날 수도 있다면? 나는 당연히 차를 세우고 차에서 내려 견인차를 불러야 한다고 생각한다.

차가 고장 난 게 명백한 상황에서 계속 액셀을 밟으면 결말은 너무 뻔하지 않은가? 중환자실에서 임종을 맞이하는 건 이 차의 상태와 비슷하다. 중환자실에서는 끊임없이 개선하려, 즉 차를 고치려 애쓴다. 차에서 내려 차를 버려야 할 때 그렇게 하지 않을 경우 우리가 놓치는 것은 운전자의 안전뿐 아니라 운전자가 선택할 수 있는 또 다른 삶의 가치다. 차가 곧 내 생명이고 차가 살아야 내가 산다는 착각에서 벗어나야 내 육신의 운전자인 영혼을 제대로 구원할 수 있지 않을까? 하루는 모현 호스피스 간호팀장이 인상적인 '마지막' 이야기를 들려주었다.

> 그분이 임종하던 날이 생각나요. 호스피스에서는 2인실에 있다가 상태가 나빠지면 독실로 옮겨 임종을 맞게 하지요. 그런데 임종실로 옮긴 뒤 환자가 계속 답답해하는 거예요. 일어나려고도 하고 나가려고도 하면서 환자가 안절부절못하며 심리적으로 뭔가 느끼는 듯했어요. 본인에게 다가오는 죽음을 말이죠.

하루하루를 후회 없이,

오늘 하루가

얼마나 행복한 순간인지

소중한 시간인지

알게 된다면

우리의 삶이 어떻게 달라질까?

이런 모습을 보이면 보통 진정제를 놓아야 해요. 의료적 판단으로 환자가 침대에서 떨어지거나 위험해질 수 있기 때문이죠. 그랬다면 아마 그분은 잠자듯 돌아가셨겠죠.

그때 수녀님이 환자한테 대화를 시도했어요.

"많이 답답해서 그러세요?"

환자는 계속 고개를 끄덕이며 나가려고 몸부림을 쳤죠.

"바깥으로 나가실래요?"

이 말에 또 긍정인지 부정인지 모를 몸부림을 쳤어요. 우리는 침대를 바깥으로 빼기로 했어요. 저희로서도 굉장히 파격적인 일이었지요. 임종은 주로 임종방에서 이뤄지니까요. 그날따라 날씨가 굉장히 좋았어요. 새파란 가을하늘에다 바람이 시원했지요. 그 가을, 시원한 바람과 파란 하늘을 느끼도록 우리는 환자의 침대를 방에서 빼 테라스 쪽으로 옮겼어요.

그러자 그토록 어쩔 줄 몰라 하던 환자가 딱 안정을 취하는 거예요. 어딘지 모를 한곳을 가만히 응시하더라고요. 가족이 그녀를 둘러쌌고 그 자리에서 한 명씩 마지막 인사를 했어요. 밖으로 침대를 뺀 지 얼마 지나지 않아 그 환자는 조용히 임종했어요. 아주 고운 모습으로 돌아가셨고 환자의 남편도 그 모습을 잊지 못하더라고요. 마지막으로 아내가 하늘을 바라보던 표정이 정말 아름다웠다고 말이죠. 오히려 아름다워서 너무 마음이 아프다고…….

불교에서는 임종 순간을 굉장히 중요시한다. 임종이 너무 고통스럽고 힘들면 그 후유증이 남아 영혼의 다음 여행길이 힘들다고 한다. 의학적 사망 진단이 내려진 이후에도 영혼은 자신의 몸에 들락거리며 죽음을 실감하는 과정에 있는데, 이때 가하는 작은 고통도 영혼은 강렬하게 느낀다고 한다. 따라서 염을 하는 과정도 마치 신생아를 목욕시키듯 조심스러워야 한다. 어떤 면에서는 임종 단계를 또 다른 탄생으로 여겨 숭고하고 편안하게 만들어줘야 한다는 입장이다.

무속에서는 교통사고 같은 끔찍한 상해를 당한 영혼은 반드시 굿을 해줘야 한다고 말한다. 가령 진오기굿은 임종 당시에 큰 충격을 받은 영혼을 달래주는 의례다. 영혼이 큰 충격으로 몸에서 이탈한 뒤 육신이 온갖 상처로 뒤덮인 걸 보면 극도의 분노와 한이 남기 때문이란다. 이로 인해 자기가 뜻한 곳으로 가지 못하고 한을 풀기 위해 구천을 떠돌거나 나쁜 방향으로 갈 수 있으므로 영혼의 상처를 달래줄 필요가 있다는 얘기다. 만약 우리에게 마음이 있고 영혼이 있다고 가정한다면 마지막 순간이 이토록 중요하다는 것을 기억해야 한다.

우리는

—

살아온 대로

—

죽어간다

이 모든 비극 중에서 최악의 비극은

젊어서 죽는 것이 아니다.

일흔다섯 살까지 살지만

한 번도 진정으로 살지 않은 것.

그것이 가장 큰 비극이다.

_마틴 루서 킹

## 세상에서 가장 아름다운 봉사

호스피스에서는 일주일에 한 번씩 목욕을 한다. 목욕 봉사자들은 보통 네 명에서 여섯 명이 팀을 이루는데, 호스피스에 들어와 처음 목욕 봉사를 받는 환자들은 대개 어쩔 줄 몰라 한다. 내 몸을 내 맘대로 움직이지 못하는 그들은 눈을 꼭 감고 있거나 자는 척함으로써 부끄러움과 고마움이 뒤섞인 묘한 감정을 드러낸다.

환자들의 몸에는 으레 링거나 진통제, 복수를 빼는 호스, 소변 줄 외에 여러 가지 호스가 투병의 훈장처럼 줄줄이 매달려 있다. 팀을 이룬 목욕 봉사자들은 따뜻한 물을 부어 온도 유지하기, 환자의 몸에 붙어 있는 호스 관리, 상체 씻기기, 하체 씻기기 등 각자 맡은 역할을 빈틈없이 해낸다. 손을 맞춰 움직이지 않으면 몸을 가누기 힘든 환자가 다칠 수도 있고, 목욕 과정이 길어질 경우 감기에 걸릴 수도 있어서 신생아를 다루듯 속도와 온도 관리 체계가 잡혀 있다. 그냥

서 있기만 해도 땀이 나는 한여름에도 봉사자들은 히터를 켜고 문을 닫은 욕실에서 환자를 씻긴다.

나는 그들을 보면서 어떤 숭고한 느낌, 아주 매력적인 예술 행위를 보는 듯한 느낌을 받았다. 환자는 몸을 깨끗이 씻고 이발과 면도를 끝낸 뒤 밖으로 나온다. 이어 로션을 바르고 머리를 말린 다음 새 옷으로 갈아입고 볕 좋은 곳에서 쉰다. 이 모든 과정은 마치 지친 발을 씻겨준 예수님의 세족식만큼이나 떠나는 분들에게 숭고한 선물이 아닐까 싶다. 물론 호스피스는 대부분 자원봉사로 유지되지만 그중에서도 목욕 봉사는 마음 깊은 곳에서 뜨거운 뭔가가 솟구치게 한다.

호스피스는 이처럼 팀을 이룬 봉사자, 간호사, 의사, 사회복지사, 성직자, 보호자, 간병인이 함께 환자의 마지막 길을 닦아주는 곳이다. 한데 이들의 어떠한 노력도 결국은 환자들의 임종을 편안히 인도하는 몸짓이고, 늘 죽음으로 끝나는 환자들의 삶을 지켜보는 것은 심적으로 고되기 짝이 없다. 나는 윤수진 간호팀장의 고백에 백 번 이해가 갔다.

"나도 간호대학에서 남들처럼 사람을 살리는 걸 배웠는데, 왜 나는 그 반대의 일을 해야 하는지 모르겠어서 호스피스를 그만두고 도망가기도 했어요."

나는 '사람은 잘 태어나는 것보다 잘 죽는 것이 진정 복 있는 삶'이라는 말을 인정한다. 그렇게 사람이 가는 길을 돌보고 지키고 함께하는 그녀는 진정 아름다운 사람이다. 그래도 그 아름다운 길을 걷는 일이 쉽지만은 않다.

"내가 신체적으로 건강할 때는 아픈 사람을 간호하는 데 아무 문제가 없어요. 그런데 호스피스에서는 신체적 간호뿐 아니라 심리적, 영적 관여도 해야 해요. 심리적, 영적으로 불안할 경우 간호사가 신체적으로 건강해도 환자의 문제와 자신의 문제가 겹치고 말아요. 아픈 사람이 아픈 사람을 돌봐야 하는 꼴이지요. 그러면 그 간호사는 심신의 에너지가 소진될 수밖에 없어요. 환자를 보면서 자기 문제를 봐야 하니 몇 배로 고통스럽지요.

나도 처음에는 심리적, 영적으로 불안정한 시기에 호스피스에 뛰어들었어요. 이 일에 올인해 병원에서 살다시피 하며 환자가 임종하면 옆에서 더 크게 울기도 했죠. 어떤 때는 죽음을 앞둔 환자가 나를 위로해줄 정도로 관계에서 지켜야 할 선을 지키지 못했어요. 그리고 서서히 내 문제가 드러나면서 굉장히 힘들었죠. 이건 내 사명이다 하는 생각으로 일했는데 몸이 반응을 보이더라고요. 원형탈모가 심하게 왔고 몸이 완전히 늘어져서 호스피스를 그만두었죠."

불교에서는 '중도'를 수행의 지침으로 삼는다. 어느 한쪽으로 치우치면 수행이 무너지기 때문이다. 문득 나는 "현을 다룰 때 너무 팽팽하면 끊어지고, 너무 느슨하면 원하는 음을 얻지 못한다"는 불경의 한 구절을 떠올렸다.

호스피스를 그만두고 학교에서 2년간 교직생활을 하던 그녀는 삶

떠다는 이의 길을 돌보고 지키고 함께하는 윤수진 간호팀장

의 의미를 다시 고민하기 시작했다. 그러다가 오랜 꿈이던 호스피스 간호사로서의 삶이 다시 그리워진 그녀는 '이렇게 고민만 하다가는 머리가 더 빠지겠다' 싶어 다시 호스피스로 돌아왔다.

"돌아온 뒤 나와 환자, 이렇게 둘의 관계로만 호스피스가 이뤄지는 게 아니구나 하는 걸 깨달았어요. 이 일은 팀 전체가 함께해야 하지요. 내가 들어가야 할 때가 있는가 하면 빠져야 할 때도 있고, 어떤 때는 다른 팀이 개입해야 해요. 나를 포함해 팀원 하나하나를 보면 부족한 부분이 다 있어요. 그런데 그들이 팀을 이뤄 환자 한 분 한 분을 돌보면 신비로울 정도로 일이 잘 이뤄져요. 힘들어도 그 팀워크가 에너지를 만들어주는 거죠. 혼자 잘난 맛으로 덤볐다가는 번아웃(burn-out, 소진)될 수밖에 없어요."

## 호스피스로 이끈 한 소년

호스피스에 입문하기 전 간호사로 일한 그녀는 '죽음'이 두렵기만 했다고 한다. 그리고 응급상황이 생기면 밥을 먹다가도 뛰어가 심폐소생술을 해야 하고 자칫 돌아가시기라도 하면 보호자들이 오열하는 모습을 봐야 하는 그 상황 자체가 그녀에게 스트레스로 다가왔다.

의료진조차 죽음의 상황은 두렵고 피하고 싶은 법이다. 사명감으로 버티다 번아웃된 그녀를 다시 호스피스로 이끈 힘이 무엇인지 묻자, 그녀는 간호사 초보 시절에 만난 한 아이의 이야기를 들려주었다.

> 나를 호스피스로 이끈 소아과 환자가 있어요. 그 친구는 백혈병이었는데 어느 날 내가 부서 이동을 하면서 골수이식 병동으로 가게 되었죠. 연차는 있었지만 부서를 옮기는 바람에 초보나 다름없는 상태로 어리바리하고 있는데 병원의 섭리를 꿰뚫고 있던 그 어린 친구가 나를 보고 "아, 새로 왔구나" 하며 골탕을 먹이기 시작했어요. 그렇게 부딪치면서 친해진 거죠. 그 친구를 아홉 살 때 만났는데 열세 살에 하늘나라로 갔어요. 4년 정도 알고 지내면서 계속 입·퇴원을 반복했어요. 그 친구가 퇴원하면 나랑 명동에서 데이트도 했지요. 서른이 다 된 사람이 열 살짜리랑 무슨 얘기를 그렇게 하느냐고 다들 의아해했죠.
>
> 그 친구가 마지막으로 입원했을 때는 이미 많이 나빠진 상태였어요. 내

가 그 친구와 가깝다는 것을 아는 사람들이 누구 입원했더라, 많이 나쁘더라, 한번 가봐라, 이런 얘기를 해줬는데…… 나는 못 갔어요.
나만 기다리고 있었다고, 나를 많이 기다렸다고 하더라고요. 그런데 찾아갈 용기가 나지 않는 거예요. 아무튼 진짜 용기를 내서 찾아갔을 때의 그 모습을 잊을 수가 없어요. 첫 말이 "왜 이제 왔어요?"였어요.
미안하다는 말도 못하고 무슨 말을 어떻게 해야 할지, 정말 아무것도 모르겠더라고요. 이 아이가 죽을 거라는 건 모든 사람이 알고 이 아이도 알고 있는데 내가 뭐라고 얘기해야 하지?
무슨 말이라도 해야 할 것 같아서 "무섭지 않니?" 하고 물었더니 아무렇지도 않게 "이렇게 될 줄 알았는데요, 뭘" 하더라고요. "뭐가 제일 걱정돼?" 하고 물었더니 본인 걱정은 하지 않고 엄마 걱정을 하더라고요. 엄마가 너무 걱정된다고…….
그날이 마지막 만남이었어요. 내가 끝내 더는 못 찾아갔어요. 너무 비겁했죠. 그 아이가 임종했을 것 같은 시간이 훨씬 지나고 나서야 용기를 내서 소아과 병동에 물었더니 얘기를 해주더라고요. 얼마 지나지 않아 나는 병원을 그만뒀어요. 간호사로서 정말로 지켜줘야 할 사람을 지키지 못했다는 자괴감이 컸어요. 그리고 호스피스로 뛰어든 거죠.
그 아이가 내 안의 원동력이에요. 환자들을 돌보다가 그들이 잘 임종하면 속으로 그 친구에게 말해요.
"봤어? 너한테 못한 거 지금 갚고 있어."

## 한 생이 압축되는 곳,
## 호스피스

호스피스는 마지막에 머무는 간이역이다. 지금까지 살아온 생과 다른 생으로 가는 길목에 놓인 간이역. 이제까지 달려온 삶의 길을 뒤로하고 앞으로 펼쳐질 다른 세계로의 여행을 위해 잠시 머무는 곳.

나는 자료 조사차 천주교 재단의 모현 호스피스와 불교 재단의 정토마을에 머물면서 색다른 생각을 했다. 내가 볼 때 호스피스 병동은 불교에서 말하는 일종의 중유(中有, 죽어서 다음 생을 맞이하기까지 49일간의 천상과 속세의 중간계) 혹은 기독교에서 말하는 림보(Limbo, 이승에서 저승으로 가기 직전 망자들이 잠시 거쳐 가는 중간역)의 세계와 아주 흡사했다.

한마디로 호스피스는 저승에 가서 심판이나 윤회를 시작하기에 앞서 이승에서의 삶을 되돌아보고 정리하는 공간이다.

호스피스라는 작은 사회를 보면서 나는 마음 저 깊은 곳에서 묵직한 느낌이 올라오는 것을 느꼈다.

'살아온 모습 그대로 죽어간다.'

'호스피스에서의 마지막 보름을 보면 그 사람의 인생이 보인다.'

마치 화석을 통해 멸종된 생물의 과거를 되짚어보듯 호스피스에서의 모습을 들여다보면 환자의 지난 삶을 유추할 수 있다.

짧으면 사나흘이고 길어도 반년에 불과한,
그야말로 극히 압축된 호스피스에서의 삶.
지극히 짧기만 한 그 기간에 종종 놀라운 일이 생긴다.
내세로 향하는 기차를 기다리면서도
뒤에서는 항암에 좋은 약에 기대 삶을 하루라도 연장하려 몸부림치고,
또다시 통증이 찾아오면 의사를 붙들거나 신을 찾으며
제발 죽여 달라고 울부짖는다.
눈을 감는 그 순간까지도 증오와 분노를 풀지 못하는 이가 있는가 하면,
오욕으로 얼룩진 인생을 살고도 마지막 순간에
모든 것을 내려놓으며 성자처럼 눈을 감는 이도 있다.
삶의 온갖 모습을 담아내는 공간 호스피스,
여기서 우리는 미래의 우리와 마주할 수 있다.

주중에는 적요하기까지 한 호스피스는 주말이면 제법 활기가 돈는다. 안타깝게도 그 활기는 모든 환자에게 공평하게 돌아가지 않는다. 주말이 되면 병동은 문이 활짝 열린 방과 문이 꽁꽁 닫힌 방으로 나뉜다. 병실 문을 열어놓은 곳은 여러 면회객이 찾아오는 방이다. 어쩌면 보란 듯이 열어놓은 것 같기도 하다. 닫힌 곳은 찾아오는 손님이 거의 없는 방이다.

어느 칠십대 환자가 푸념 어린 말을 털어놓았다.

"여기서 옥석이 가려져요. 여기까지 찾아오는 사람과 찾아오지 않는 사람. 그래도 내 장례식장엔 오겠지."

공식적인 자리인 장례식장을 찾아 고인을 추모하는 사람은 많지만, 마음으로 이별하는 호스피스까지 찾아오는 사람은 상대적으로 많지 않다. 관계의 농도는 먼 곳까지 찾아오는 사람, 전화로 안부를 묻는 사람, 그마저도 연락조차 하지 않는 사람으로 가려진다.

현직에 있는 환자는 이야기가 좀 다르다. 대개는 가까운 사람이든 먼 사람이든 줄을 이어 찾아온다. 현직에서 멀어졌어도 사회적 영향력이 남아 있는 사람에게는 손님이 많다. 닫힌 문과 열린 문은 환자들의 사회적 인간관계를 잘 보여준다.

보호자의 유무도 호스피스 내 삶의 질을 결정하는데, 환자의 주변 환경은 보통 네 가지 유형으로 나뉜다. 보호자 없이 간병인에게만 의지하는 환자, 보호자가 있으나 간병인이 보살피고 하루 한때만 보호자가 오는 환자, 보호자가 주말에만 오는 환자, 보호자가 늘 곁에 있는 환자가 그것이다.

이에 따라 각자의 정서와 편의가 조금씩 다르다. 물론 간병인, 간호사, 사목수녀 그리고 사회복지사가 있지만 이들이 바로 옆에서 모든 걸 보살피기는 힘들고 정서적인 부분까지 대신하기는 더더욱 힘들다. 아무래도 간병인에게만 의지하는 환자는 보호자에게 의지하는 환자에 비해 반응과 감정 표현이 적다. 불편하거나 아파도 덜 표현한다.

이처럼 환자들의 다양한 말년 모습은 평생 가꿔온 농사의 수확물을 보여주는 듯했다. 어찌 보면 좀 잔인한 이야기다.

## 괜찮아요 할머니

한편 이곳에서 보내는 얼마간의 삶은 지나온 삶의 압축판이다. 말년에 이른 환자들은 인생이라는 과일즙을 짜고 남은 찌꺼기 같은 것들을 고스란히 보여준다. 물론 누구에게나 닥쳐오는 그 고난에 대처하는 방식은 사람마다 조금씩 다르다. 아무리 강한 진통제와 따뜻한 보살핌이 있어도 이곳은 병동이며 고통과 죽음이 일상에 침투하는 최전선이다. 그런데 그 고통에 대한 반응은 각양각색이다. 많은 환자가 오랜 투병을 거치며 의지까지 쇠약해진 탓에 고통을 드러내는 데 주저하지 않는 편이다.

깨어 있는 내내 '아프다, 무섭다, 힘들다, 불편하다, 괴롭다'라는 표현을 쏟아내는 환자가 있는가 하면, '다 괜찮다, 편하다, 견딜 만하다'라고 말하는 환자도 있다. 심지어 때로는 '행복하다'는 반응을 보이는 환자를 만나기도 한다. 상황에 반응하는 이러한 태도는 나이와 무관하다.

칠순이 된 어느 할머니가 있었다. 그녀는 암 중에서도 가장 고통스럽기로 유명한 췌장암 환자라 몹시 아플 거라는 걸 병원 직원들이 모두 알고 있었지만 늘 미소를 잃지 않았다.

"괜찮아요. 다 좋아요. 편안해요. 고마워요."

그녀는 극심한 통증을 참아내며 감사와 배려만 표현했다. 이런 환자가 4인실에 한 명만 있어도 나머지 환자들은 그 온기와 배려에 전염되어 편안함을 느낀다. 그처럼 온기를 전하는 한 명이 없으면 서로가 서로를 향해 커튼을 드리운다. 서로에게 온기가 없을 때 이웃한 환자들은 그저 소음이고 냄새며 인기척일 따름이다. 하지만 '괜찮아요 할머니' 같은 천사가 있으면 단 한 명일지라도 그 방은 온기로 꽉 찬다. 일주일만 지내보면 그 방에 천사가 있는지 없는지 알 수 있다. 서로가 서로를 배려하는지 아니면 배척하는지를 보면 그림이 금세 그려진다.

육체가 고통에 짓눌려 있을 때는 타인의 작은 불편함도 내 불편함으로 확대되어 다가온다. 환자들의 경우 다량의 수면제를 먹어도 간헐적으로 침투하는 통증으로 인해 잠자리에서 뒤척이는 일이 허다하다. 갖은 약물 투여와 노력 끝에 겨우 잠든 순간, 옆 사람이 밥을 먹는다고 부스럭대거나 아파서 낮은 비명을 질러 잠이 깨면 그야말로 환장할 노릇이 아니겠는가. 더구나 식사시간에 공교롭게도 변을 통제하지 못하면 사람들은 보통 미간을 찌푸리게 마련이다.

자존과 실존을 고약하게 위협하는 상황은 늘 반복된다. 그런 상황에서도 천사는 존재한다. 옆 사람의 방해로 자신의 소중한 시간을 앗기고도 "괜찮아요, 식사하세요" 하는 사람은 존재한다는 말이다. 다는 알 수 없지만 '저분은 평생 저렇게 살아왔을 거야' 하고 어느 정도 삶이 읽힐 만큼 호스피스에서는 한 생이 압축되어 드러난다.

윤수진 간호팀장도 삶의 드라마틱한 반전은 많지 않다고 말한다.

"갑자기 변하지는 않더라고요. 환자들을 보면 결국에는 당신이 살아온 방향, 방법, 습관대로 임종을 맞더라고요. 드라마틱하게 다 내려놓고 죽음을 받아들이며 가는 환자는 그리 많지 않아요. 그 안에서도 다 부족한 면이 있고…… 아무래도 완벽하긴 어렵죠. 완벽한 삶이 없듯 자기 문제를 모두 해결하고 가는 완벽한 죽음은 없더라고요.

우린 환자의 내면에 꽉 찬 슬픔, 두려움 같은 심리적인 문제를 그저 조금이라도 덜어드리려 노력하는 거죠. 내면에 꽉 찬 스팀을 빼내도록 말이죠. 그렇게 해서 불편함을 조금이라도 덜어내고 가시도록 돕는 거예요."

맞잡은 손은 그 어떤 말보다 위로가 된다.

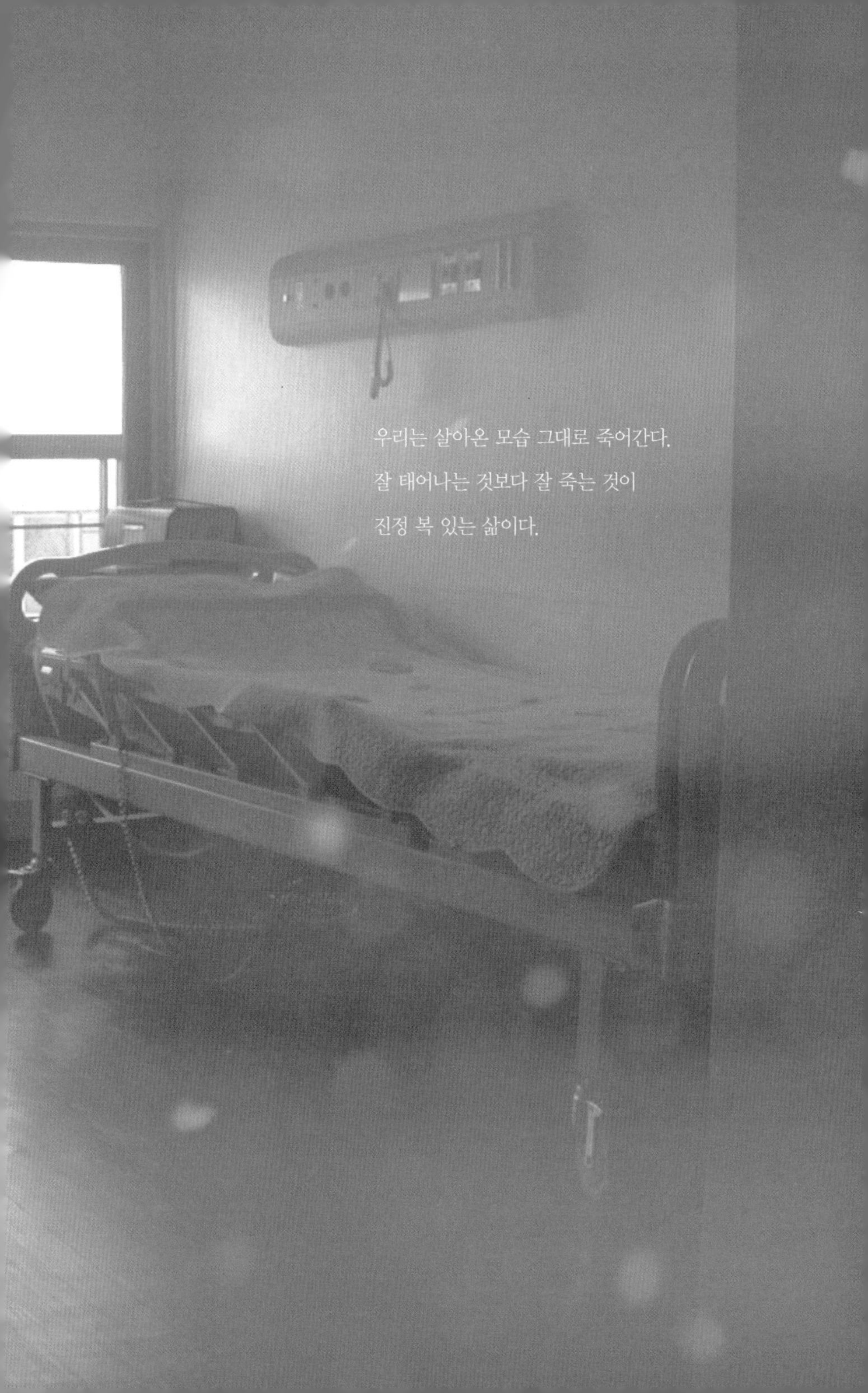

우리는 살아온 모습 그대로 죽어간다.
잘 태어나는 것보다 잘 죽는 것이
진정 복 있는 삶이다.

## 이별이 아프지 않은 사람은 없다

호스피스에서 누군가와 인연을 맺는 것은 생각보다 훨씬 더 큰 대가를 요구한다. 가령 병동에서 각별한 사이로 지낸 동료가 먼저 임종하면 즉각 영향을 받는다. 그래서 그런지 호스피스에서 오랜 시간을 보낸 고참 환자일수록 오히려 환자들과 어느 정도 거리를 둔다.

한번은 4인실에 머물던 천사 같은 환자 한 명이 세상을 떠났다. 그러자 사흘 만에 다소 건강하던 환자 한 명이 뒤를 이었고, 보름 사이에 나머지 두 환자도 모두 돌아가셨다. 어쩌면 심리적 희망의 끈이 '뚝' 끊어진 탓일지도 모른다.

가까운 사이일수록 그 충격은 더하다. 호스피스 안에서 만난 동지 같은 사람이 죽으면 '다음은 내 차례인가' 하는 생각을 할 수밖에 없다. 벽에 위태롭게 매달려 폭풍우를 간신히 견디는 마지막 잎새처럼.

호스피스 생활을 오래 경험한 환자일수록 이러한 관계 맺기와 이별을 경계한다. 내가 영향을 받을까 싶어서 혹은 내 죽음이 그 사람에게 영향을 줄까 싶어서 거리를 두는 것이다.

이런 연유로 호스피스에서는 임종실을 따로 둔다. 옆에 있는 동지가 임종하는 과정을 지켜보거나 유족들이 통곡하는 걸 보면 환자는 치명적 영향을 받기 때문에 임종 증세를 보이는 환자는 임종실로 옮긴다. 모현 호스피스에서는 병동의 첫 번째 방이자 승강기에서 가장 가까우며 시설도 가장 좋은 1인실, 해바라기방이 임종실이다. 이 자리에 임종실을 마련한 이유는 간단하다.

환자가 세상을 떠났을 때 가장 짧은 시간과 동선으로 다른 환자에게 최대한 영향을 주지 않고 승강기로 이동하기 위해서다. 이때는 여름일지라도 다른 병실의 문을 모두 미리 닫아둔다. 그만큼 영향이 크기 때문이다. 아무리 가까운 사이일지라도 다음 날이 되어서야 병실 명패에 환자 이름이 지워진 걸 보고 동지가 떠났음을 아는 경우가 많다.

박수명 님은 자신이 처음 맞이한 쓸쓸했던 이별을 복잡한 표정으로 들려주었다.

"충격이었죠. 그날은 몰랐어요. 산책하러 갈 때면 으레 잘 계신가 하고 둘러보는데 이름이 없더라고요. 어? 어디 가셨지? 다른 방으로 옮기셨나? 혼잣말을 하며 다른 방을 둘러봤는데 이름이 없는 거예요. 환자 이름이 적힌 보드를 보니까 이름은 지워져 있고, 그 방이 제비꽃방인데 '청소'라고 쓰여 있었어요.

그날은 잠이 오지 않았죠. 그날 그분이 가신 뒤 새로 들어온 또 한 분이 가셨는데, 정말 마음이 심하게 가라앉더라고요. 다른 한편으로는 이제 자유로우시겠구나 하는 생각도 들었고요."

세상에 이별이 아프지 않은 사람은 없다. 공교롭게도 이별은 추운 겨울에 더 자주 찾아온다. 마치 저 세상으로 새봄을 맞이하러 가자고 약속이라도 한 듯 짧은 시간차를 두고 삶의 끈을 놓아버린다.

촬영이 뜸할 때면 나는 가끔 비어 있는 임종실에 슬며시 들어가 문을 잠그고 침대에 누워보곤 했다. 눕기 전에는 조금 망설여지기도 했지만 누군가가 방금 전에 앉았다 떠난 벤치와 다를 게 뭐가 있을까 하는 생각이 들었다. 이 침대에서 얼마나 많은 분이 떠났을까? 내가 마지막으로 이 침대에 누울 때면 어떤 생각이 들까? 그리고 이 침대를 떠나면 나는 어떤 여행을 하게 될까?

삶의

—

마지막 축제를

—

위하여

오늘 아침 당신이 깨어난 이유는

아직 할 일이 남아 있기 때문이다.

절대 자신을 포기하지 마라.

당신이 이 세상에 가져다줄 수 있는 것들을

포기하지 마라.

살아 있는 한, 당신은 이 세상에 필요한 존재다.

_레지너 브릿

## 그녀의 첫 번째 전시회

홍종수(70세) 님은 다른 누구에게 그림을 제대로 배워본 적이 한 번도 없었다. 한데 그녀의 취미는 마우스로 그림을 그려 싸이월드 미니홈피에 올리는 것이었다. 펜이나 붓이 아닌 마우스로 일일이 색깔을 선택하고 음영까지 넣어 실사 같은 풍경화를 그리는 것은 보통의 인내심으로는 불가능한 작업이다.

그런데 그 같은 그녀의 그림이 무려 500점에 달했다. 미니홈피에 올린 그녀의 그림을 본 모현 호스피스 사람들은 "예술이다!"라며 놀라워했다. 어떻게 마우스로 이런 그림을 그릴 수 있지? 정말로 그림을 배운 적이 없단 말이야? 독학으로 그렸다고? 놀라움은 감동으로 이어졌고 이내 '홍종수 전시회 프로젝트'를 가동하기 시작했다. 모현 호스피스 병동 안에서 그녀의 작품 전시회를 열기로 한 것이다.

먼저 홍종수 님과 큰딸이 그림을 선별했다. 홍종수 님은 딸에게 싸이월드 일촌들이 선물한 도토리를 은근히 자랑했다.

**엄마** : 나 도토리 엄청 많아.

**딸** : 얼마나 있는데?

**엄마** : 몇 백 개 있어.

도토리 이야기를 하는 엄마의 모습이 딸은 낯선 듯했다. 싸이월드 미니홈피 속 홍종수 님은 엄마도, 아내도 아닌 어엿한 팬을 거느린 예술가였다. 선별한 그림을 바탕으로 간호팀과 신학생 스테파노가 화질 좋게 출력을 담당했다. 그다음엔 작품명 정하기에 돌입했고 스테파노가 홍종수 님 옆에 바짝 붙어 작품마다 제목을 붙였다.

**홍종수** : 내가 벚꽃 길을 자전거를 타고 달리고 싶어서 그린 건데 뭐라고 해야 하나, 이거…….

**스테파노** : 뭐라고 할까요?

**홍종수** : 뭐라고 했으면 좋겠어요?

**스테파노** : 노란 꽃은 개나리죠?

**홍종수** : 봄의 만찬?

**스테파노** : 봄의 만찬, 좋아요. 그럼 이건 코멘트를 달아놓을게요. 자전거를 타고 벚꽃 길을 달리고 싶었다, 라고요. 이건 뭐라고 할까요?

**홍종수** : 봄에 취해서, 라고 할까요?

**스테파노** : 봄에 취해서로 할게요. 그럼 이건?

**홍종수** : 자연의 경이로움?

**스테파노** : 자연의 경이로움, 아주 좋아요. 이건 붉은 철쭉이네요.

**홍종수** : 봄 길을 달린다?

……

**스테파노** : 이거는?

**홍종수** : 아파트의 겨울.

**스테파노** : 이거는요?

**홍종수** : 드라이브 길을 그린 건데, '마냥 달리고 싶다'

**스테파노** : 이거는?

**홍종수** : 나 어릴 적.

처음엔 주저하고 머뭇거리며 제목을 말하던 홍종수 님은 시간이 흐를수록 자신 있게 작품명을 정했다. 그녀는 세 딸의 엄마로, 한 남자의 아내로 평생을 살아왔다. 하지만 그녀는 팝가수 패티 페이지와 카펜터스를 좋아해 레코드판을 사고, 매일 밤 라디오 프로그램 〈밤을 잊은 그대에게〉를 들으며 전화 다이얼을 돌리던 한 여인으로서의 삶을 잊은 것은 아니었다. 그저 잘 드러내지 않았을 뿐.

젊은 시절 의상 디자인계에서 일한 그녀는 결혼 후 작은 가게를 차려 수선하는 일을 했다. 세 딸의 옷도 직접 만들어 입힐 정도로 실력이 보통이 아니었단다. 그런 예술적 기질 때문이었을까, 싸이월드

홍종수 님이 마우스로 그린 풍경화

에 올라온 그림 역시 모두의 감탄을 자아냈다. 어린 시절 엄마가 만들어준 옷에 대한 추억부터 홈패션, 점토공예 등 엄마의 작품 이야기를 들려주는 큰딸의 부추김에 홍종수 님은 조심스레 옛 이야기를 꺼냈다.

"손재주는 조금 있었어요. 싸이월드에 올린 그림도 진짜 무심코 그린 것이에요. 그런데 저렇게 그림을 올리다 보니 일본이나 미국 같은 데서 막 선물이 오더라고요. 주소를 물어보고 별걸 다 보내주는 거예요. 우연히 들어와서 보다가 감탄해서 일촌 맺자 그러고 오프라인에서 만나고 그랬죠. 만나면 또 별걸 다 해갖고 오더라고요. 지금은 거의 방치 상태니까 아마 무슨 일인가 싶어서 왔다가 그냥 갈 거예요."

홍종수 님의 전시회는 대성황이었다. 모현 호스피스의 원장 수녀, 정극규 원장 외 병원 직원들 그리고 환자 대표로 박수명 님 부부가 전시회 커팅식을 담당했다. 샴페인이 터지고 부산과 미국에서 온 딸네들까지 환호하며 처음이자 마지막으로 홍종수 화가의 전시회가 열린 것이다. 거동할 수 있는 환자와 보호자도 모두 나와 갤러리로 변신한 병동 복도에서 그녀의 그림을 감상했다. '홍작가'의 작품 세계에는 유난히 자전거를 타는 소녀 그림이 많이 등장했다. 그녀가 가장 하고 싶은 것은 자전거를 타고 꽃길을 달리는 것이었다.

## 고마운 손, 사랑의 손,<br>위대한 손

당시 홍종수 님은 오랜 투병생활 탓에 자살을 생각할 정도로 극심한 우울증을 앓았다. 정극규 원장은 우울증의 원인을 정확히 감별하는 것은 힘들지만, 병에 걸려 자신이 뜻하는 대로 살 수 없는 자율성 문제에 따른 우울증 같다고 진단했다.

"이 상황에서 내가 어떤 의미를 갖고 남은 생을 살아갈 것인가 하는 문제나 가치 문제가 우울증의 큰 원인인 것 같아요. 그래서 우리가 여러 가지 약물치료를 병행하면서 영적, 종교적으로 접근하고 전시회도 마련하며 다양한 노력을 기울이는 겁니다."

호스피스에는 꽃꽂이, 미술치료, 추억의 노래 부르기, 종이공예, 음악치료, 아로마테라피, 과자 만들기 등 환자를 위한 다양한 프로그램이 마련되어 있다. 하루는 홍종수 님이 미술치료를 받았다. 답답해하거나 무기력하던 엄마가 흔쾌히 미술치료를 받겠다고 하자 딸들도 덩달아 기운이 났다.

그날 미술치료 프로그램은 홍종수 님의 손 석고뜨기였다. 함께 있던 두 딸의 도움을 받으며 그녀는 자신의 손 모형을 뜨기 시작했다.

"어머니가 이 손으로 얼마나 위대한 일을 했는지 생각해보세요. 어머니, 당신의 손을 보면 어떤 생각이 나세요?"

미술치료사가 묻자 홍종수 님은 하염없이 자신의 손만 바라봤다.

"……희생이요. 손을 보니 만감이 교차하네요."

한 가정을 일궈낸 어머니의 손 모형을 뜨는 동안 그녀의 가족은 다소 숙연한 모습이었다. 묵묵히 지켜보기만 하던 남편도 "나도 거들어야지" 하며 손 모형 마무리 작업을 도왔다. 미술치료사가 제안했다.

"어머니의 손 작품에 제목을 정해보는 게 어떨까요?"

막내딸이 대답했다.

"남을 행복하게 하는 손."

둘째딸이 대답했다.

"사랑의 헌신."

남편이 대답했다.

"손이……, 고맙다."

마지막으로 홍종수 님이 대답했다.

"고마운 손."

처음에 자신의 손을 보며 '희생'이라고 표현했던 그녀는 가족과 함께 작품을 만들며 '고마움'이라고 표현을 바꿨다.

"이 손으로 내가 몇 십 년 동안 아이들을 키우고 음식도 해서 먹고 뭔가를 만들고…… 눈물이 나면 눈물도 닦았어요. 정말로 고마운 손이네요."

지켜보던 남편이 말했다.

"당신 손 덕분에 우리가 이렇게 살 수 있었어. 고마워……. 사랑해."

호스피스에서 생활하는 동안 가족의 깊은 이해와 농도 짙은 사랑이 스며들면서 홍종수 님은 조금씩 우울증의 언저리로 옮겨가기 시작했다. 그리고 어떤 인연이었는지 모르지만 우리 촬영팀과의 만남은 홍종수 님에게 작은 선물이 되었다. 카메라가 마술을 부려 그녀를 인생의 주인공으로 자리매김하게 해준 것이다.

그녀는 세 딸의 엄마이자 사랑받는 아내였지만 그간 '내 인생'을 놓쳐버리고 살아왔다. 또한 가정을 잘 일구고 사업으로 가사에 보탬을 주고도 단 한 번도 자신을 삶의 주인공이라고 생각해본 적이 없었다. 그렇게 삶이 점점 시들어가면서 그녀에게는 무상함만 남아 있었다.

곰곰이 생각해보면 참으로 위대한 삶이다. 남편과 자식이 제자리를 찾아가도록 돕고자 당신의 꿈과 정체성은 뒤로 물린 희생의 삶. 세상 사람들이 누구나 하는 일이라고 가볍게 여기는 일을 그녀가 '누구나'처럼 한 것은 아니라는 사실은 그녀의 가족과 작품이 잘 보여주었다. 그녀에게는 훌륭한 인품의 남편과 출가한 세 딸이 있었다. 딸들은 부산과 미국에 흩어져 살았음에도 그녀 곁에는 늘 간병인 대신 딸네들로 북적였다.

세 딸은 다들 개성이 뚜렷했지만 엄마에 대한 애정은 누가 질세라 하나같이 극진했다. 4인 병실이 홍종수 님 가족의 사랑과 온기로 푸근해질 정도였다. 나는 홍종수 님에게 화목하고 사랑스러운 가정을 꾸린 비결을 전수해달라며 네 번에 걸쳐 긴 인터뷰를 했다. 그녀의 인생은 소품 같은 하나의 작품이었고 나는 그녀의 인생을 들여다보는 관객이 되고 싶었다. 그녀는 인터뷰가 이어지면서 점차 아내와 엄마에서 홍종수 자신으로 돌아왔다. 그리고 인터뷰가 끝날 무렵 그녀는 말했다.

"내가 말년에 영화 속 주인공이 된 것 같아요."

그녀가 남들과 다를 바 없는 인생이라 생각하며 무덤덤하게 여기던 희생은 카메라 앞에서 묻고 답하는 가운데 서서히 의미를 찾아가기 시작했다. 그 의미는 그녀 자신의 존재가치를 일깨웠고 존재가치는 자신감을 되찾아주었다. 마치 그녀의 삶이 마지막 순간에 한 송이 꽃처럼 피어나는 듯했다.

"엄마는
참 행복한 사람이야"

기도실에서 기도하고 있던 홍종수 님과 막내딸 그리고 어린 손녀딸. 그들의 대화가 홍종수 님이 그린 아름다운 한 폭의 그림 같다.

**막내딸** : 엄마가 우리를 잘 키워줘서 정말 고마워. 엄마가 그때 너무 힘들었는데…… 우리를 이렇게 잘 키워줘서 고마워. 나도 애 낳고 나니까 그런 마음이 저절로 생기더라고. 우리 세 자매를 이렇게 잘 키워놓고 정작 엄마는 병을 얻고……. 엄마 고마워요.

사랑한다는 표현에 익숙한 홍종수 님 가족

**엄마** : 고맙기는.

**막내딸** : 엄마, 이 작은 손으로 우리를 다 키웠잖아.

**손녀** : 할머니 또 우신다.

**막내딸** : 왜냐하면 할머니도 무척 힘들었는데 그 세월 다 참고 우리를 키워주셨거든. 만약 엄마가 힘들다고 너 두고 딴 데 갔다고 생각해봐, 그러면 넌 어떻게 클까? 네가 많이 힘들겠지?

**손녀** : 응.

**막내딸** : 할머니는 힘들어도 우리 셋 다 잘 키워주셨거든. 그러니 무척 고맙지. 옛날에는 몰랐어. 왜 엄마는 힘들게 그랬을까 이랬는데, 너를

키워보니까 생각이 달라지더라. 그래서 엄마한테 꼭 고맙다고 말해야지, 그랬어. 엄마, 고마워요.

막내딸은 엄마와 포옹하고 자신의 딸과도 포옹했다. 엄마가 된 딸은 비로소 엄마를 온전히 이해하는 듯했다.

**손녀** : 엄마, 고마워.

**막내딸** : 엄마, 얘도 나한테 고맙대. 너는 뭐가 고맙니?

**손녀** : 잘 키워줘서.

**막내딸** : 잘 키워줘서? (웃음) 아이고 참, 나도 엄마다. 그치? 엄마도 엄마고 나도 엄마고. 그리고 우리 엄마가 가장 행복한 사람이야. 그거 알지?

그렇게 딸들은 엄마가 얼마나 행복한 사람인지, 그네들이 엄마를 얼마나 사랑하는지 자주 말했다. 사랑한다는, 고맙다는 표현을 스스럼없이 하는 가족의 모습이 아름다웠다. 나는 홍종수 님이 생각하는 그녀의 마지막을 듣고 싶었다.

"아프지만 않았으면 불행한 삶은 아닌데…… 병이 나는 바람에 내가 많이 힘들고 고통스러워졌죠."

독실한 가톨릭 신자인 홍종수 님에게 하느님은 왜 이 고통을 주셨을까 생각해본 적이 있는지 여쭈었다.

"그런 질문을 많이 했어요, 예수님께. 마구 따지기도 했어요. 도대체 당신은 나한테 무엇이냐고. 내가 뭘 그리 잘못한 게 많아서 내게 이런 고통을 주시냐고. 정말 당신이 쳐다보기 싫을 정도로 원망스럽다고. 계속 그런 나쁜 생각을 하다가 문득 이건 내 잘못인데 내가 누구를 원망하고 있는 걸까 싶어서 다시 '죄송합니다, 죄송합니다' 하고 기도했어요. 지금은 원망 같은 건 없어요. 이제 모든 걸 내려놓고, 정말 그냥 다 감사했다는 생각만 들어요."

## 감사라는 선물

3년 전 가까운 지인이 여고생 딸을 뇌종양으로 떠나보냈다. 병원 장례식장 로비에서 지인을 보는 순간 울음이 터졌다. 그리고 로비에 선 채 그에게 위로 한마디 제대로 전하지 못하고 오히려 그의 어깨에 기대 한참을 울었다. 독실한 기독교인에 거짓말 한마디 못하는 그는 맑은 영혼의 소유자였다. 늦은 밤 귀갓길에 영화 〈밀양〉에서 전도연이 하늘에 대고 따지듯 소리 내서 따졌다.

"도대체 당신 뜻이 무엇이요? 대체 뭘 어쩌겠다는 거냔 말이요? 이제 열여섯인 애를 그렇게 일찍 데려갈 거면 왜 내려 보냈소?"

그런 원망이 그 후로도 오랫동안 내 가슴에 머물렀다. 나쁜 일이나 큰 병이 찾아오면 우리는 으레 '하느님은 왜 나한테 이런 벌을 주시는 걸까? 도대체 신이 있기나 한 걸까?' 같은 질문을 하며 원망한다.

영화 〈목숨〉을 시작하며 만난 수녀 한 분은 이런 말을 했다.

“아이가 심하게 아프면 엄마는 ‘얘가 나쁜 짓을 했으니 벌을 받아 마땅해’라고 생각할까요? 아니면 아이보다 더 마음 아파하며 오로지 낫기만을 바랄까요? 하느님은 징벌의 판관이 아니고 우리의 창조자로서 늘 그 엄마의 마음보다 더 깊이 사랑하며 안타까워하십니다.”

홍종수 님 역시 길고 긴 투병 과정 속에서 그 이치를 깨친 듯했다.

“내가 세상을 떠날 때가 눈앞에 와 있는데 원망하고 서러워해봤자 나한테 도움이 되는 것은 하나도 없고…… 차라리 나는 모든 걸 감사하게 생각해요. 요새 진짜 단단히 마음먹고 있어요. 내가 한동안 미소를 짓지 않았어요. 사람들이 축복하는 얘기를 해도 막 눈물이 나고……. 어제도 친구 부부가 찾아와서 막 울더라고요. 자기도 그러지 않으려고 했는데 막상 나를 보니까 눈물이 났다고. 그래서 ‘야, 기분 좋은 얘기하자. 우리 즐거운 얘기만 하다가 끝내자’ 그랬어요. 우리는 서로 끌어안고 토닥거려주고, 그러다 갔어요. 그냥 그러고 싶더라고요, 이제는.

세상을 떠날 시간이 눈앞에 와 있는데 내가 자꾸 울고불고하면 가족은 더 아파하고 고통스러워하겠죠. 그래도 나는 정신이 멀쩡하니까 지금부터라도 감사한 마음으로 기도해야죠. 언제 데려가실지 그 날짜는 모르니까 당신이 알아서 하시라고, 그렇게 단단히 마음먹고 있어요. 내가 당신 품에 가는 그때까지 고통 없이 그저 모든 일에 감사하며 웃고 갈 수 있게 해달라고 기도해요. 이게 내 마지막 기도예요.”

당신이 태어났을 땐
당신만이 울었고
당신 주위의 모든 사람들이
미소를 지었습니다.

당신이 이 세상을 떠날 때엔
당신 혼자 미소짓고
당신 주위의 모든 사람들이 울도록
그런 인생을 사십시오.

_김수환 추기경

"고맙습니다. 인터뷰를 할 때마다 이렇게 제가 큰 선물을 얻고 가네요. 좋은 말씀 정말 고맙습니다."

하루의 촬영을 마치고 내가 인사를 하자 그녀는 이내 미소를 지으며 대답했다.

"이제 내가 내 주변에 있던 모든 사람에게 감사하다는 인사를 해야 할 차례인 것 같아요. 지금까지 정말 감사했다고."

그녀는 푸근한 표정으로 이렇게 덧붙였다.

"김수환 추기경께서 하신 말씀이 있어요. '내가 태어날 때는 나 한 사람만 울고 주위 사람은 웃지만, 이 세상 다 버리고 떠날 때는 주위 사람들 울게 하고 나는 웃으라고.' 나도 그런 삶을 살다가 가야겠다고 마음먹었어요. 그렇게 간다는 게 참 힘든데, 나는 정말 세상을 떠날 때 기분 좋게 웃으며 가고 싶어요."

홍종수 님은 깊은 밤 하늘이 살짝 내려놓고 간 눈처럼 잠들 듯 평온하게 당신의 육신을 두고 떠났다. 사랑이 충만한 가운데 보내서 그런지 그녀의 가족도 참 평온해 보였다. 장례를 마치고 보름 후 홍종수 님 가족은 촬영진 모두를 초대해 거한 저녁상을 베풀었다. 그 자리에서 그녀의 남편은 '아내가 감독님이 오는 날이면 얼굴에 꽃이 폈다고, 오지 않는 날엔 언제 오는지 오매불망 기다렸다'고 말하며 그녀를 당신 삶의 주인공으로 만들어줘서 고맙다고 했다.

홍종수 님은 언제나 당신 생의 주인공이었다. 나는 그저 그분이 잊고 있던 작은 이름표를 다시 달아줬을 따름이다. 나는 지금도 홍종수 님의 자애로운 미소와 온기를 선연히 느낄 수 있다. 더불어 나는 그녀에게 삶의 지혜로운 정리와 놓아버림도 선물받았다. 내 인생의 영화에서 그녀는 편집되지 않은 채 계속 영사될 것이다.

## 통증 조절, 삶의 질을 위한 마지막 노력

홍종수 님은 마지막 6개월을 팔이 부러진 채로 살았다. 건강할 때라면 수술을 하는 게 당연하지만 홍종수 님과 그녀의 가족은 수술보다 진통제를 선택했다. 오래 가지고 갈 팔도 아닌데 또 다른 수술로 고통받는 걸 원치 않은 것이다. 그녀가 심하게 골절된 팔로 반년 넘게 병원생활을 할 수 있었던 것은 진통제 덕분이다.

일반적인 의료가 삶의 양적 연장에 우선적인 초점을 두는 데 반해 호스피스 의료는 삶의 질적 측면에 집중한다. 말기 암환자들의 삶의 질을 높이기 위해서는 통증 완화가 전제 조건이다. 하지만 많은 환자와 보호자가 진통제에 거부감을 보인다.

"내성이 생길지도 모르잖아요."

"일단 견뎌볼게요."

"이렇게 많은 약을 써도 괜찮은 건가요?"

특히 건강했던 환자나 젊은 환자는 더 그렇다. '이런 것쯤은 맞지 않고도 견딜 수 있어'라고 생각하기 때문이다. 그러나 암이 동반하는 통증은 상상을 초월한다.

언젠가 박수명 님은 이런 말을 한 적이 있다.

"강릉에 있을 때 공기도 좋고 자연과 함께 있으니까 '아, 여기서 이렇게 끝을 맞이해도 좋겠다'는 생각을 했어요. 근데 통증이 시작되면…… 그건, 우리가 생각하는 그 이상이거든요. 말하자면 내가 이 정도까지는 버텨보겠다 하는 것의 열 배쯤. 그 정도까지 가면 정말 이성적인 판단을 할 수가 없어요."

설령 진통제에 내성이 생긴다 해도 다른 진통제로 내성을 피할 수 있다. 최근에는 통증의 9할까지 완화할 수 있는데, 그럼에도 '웬만하면 맞지 않고 버티는 게 몸에 좋을 거야'라는 입장을 고수하는 이들은 수시로 극심한 고통을 감내해야 한다. 호스피스에서는 진통제에 거부 반응을 보이는 환자와 보호자를 설득하는 데 상당히 애를 먹는다고 한다.

호스피스에서 암환자라고 무조건 마약성 진통제를 쓰는 것은 아니다. 통증이 처음 나타날 때만 그렇게 하고 심하지 않을 경우에는 비마약성 진통제부터 사용한다. 우리가 흔히 보는 타이레놀, 아스피린 계통의 약들이다. 이러한 약으로 통증 조절이 충분치 않을 때라야 비로소 마약성 진통제를 투입한다. 다음은 세계보건기구WHO에서 안내하는 통증 사다리다.

**제1단계** - 경한 통증(VAS 3.5 이하)의 경우 : 비마약성 진통제인 부루펜, 아스피린, 타이레놀

**제2단계** - 중등도 통증(VAS 3.5-7)의 경우 : 약한 마약성 진통제인 코데인

**제3단계** - 심한 통증(VAS 7 이상)의 경우 : 강한 마약성 진통제인 모르핀, 펜타닐(패치 형태), 옥시코돈 등

여기서 VAS Visual Analogue Scale는 시각 통증 척도로, 자신의 통증과 그림의 얼굴 표정을 비교하며 통증의 정도를 알리는 것을 말한다. 통증이란 것이 직접 느껴보지 않으면 그 아픔의 정도를 전달하기가 어렵기 때문이다. 통증은 0부터 10까지 숫자로 표시하며 10은 참을 수 없는 최악의 통증을 말한다. 주사를 맞을 때의 따끔함은 3, 출산의 고통은 7.5라 한다. 통증 조절을 좀 더 알고 싶었던 나는 간호팀장에게 자세한 내용을 물었다.

"1단계부터 3단계까지 쓰는 약이 달라요. 우리 병원 환자들은 특히 말기 환자만 오다 보니 이미 3단계까지 간 분이 많죠. 그래서 주로 마약성 진통제를 쓰고 있어요. 흔히 알고 있는 모르핀인데 먹는 약도

있고 붙이는 약으로도 나와 있어요. 가령 식도암 환자는 먹을 수 없으니까 붙이는 약을 쓰죠. 파스처럼 생긴 건데 붙이면 피부로 진통제가 흡수되지요. 먹는 것도 붙이는 것도 효과가 없을 경우에는 주사로 투입해요.

그렇다고 무조건 모르핀만 쓰는 건 아니에요. 암 자체로 인해 생기는 찌르는 듯한 통증이 아니라, 예를 들어 척수에 전이됐을 경우 암덩어리가 커지면서 생기는 통증이 있어요. 흔히 저리다고들 표현해요. 다리가 저릿저릿하다, 뻗치는 것처럼 아프다, 발이 시렵다 등이 있죠. 그런 통증이 24시간 간다고 생각해보세요. 우리가 발이 저리면 손도 대지 못하게 하잖아요. 그걸 24시간 겪고 있는 거예요. 이런 통증엔 모르핀보다 더 효과적인 약이 따로 있어요. 경우에 따라서는 심리적인 부분을 동반하는데 이때 향정신성 약물을 함께 처방하면 효과를 보기도 하죠."

호스피스에서는 하루에 두세 차례씩 진료 회의를 연다. 보통 종합병원에서 회진을 돌며 환자에게 몇 마디 묻고 차트의 수치를 확인한 뒤 처방을 내리는 것과는 차이가 있다. 호스피스에서 여는 회의의 목적은 환자의 고통을 최소화하는 데 있다. 불편해하면 어떻게 불편한지, 아프다고 하면 어디가 어떻게 아픈지 알아내 고통을 줄여주고자 애쓴다. 따라서 매 순간의 환자 상태를 아주 섬세하게 지켜본다. 모현호스피스에서 환자를 열두 명 이상 받지 않는 이유도 호스피스 돌봄에서는 이 같은 섬세함이 절실히 필요하기 때문이다.

불과 얼마 전 가족과 친구를 종합병원에서 떠나보내며 겪은 시스템적 의료 행위에 익숙했던 나로서는 그런 섬세한 돌봄이 경이롭게 여겨졌다. 한데 정극규 원장은 의외로 대수롭잖게 말했다.

"아주 간단합니다. 말기 환자의 통증을 치료하는 방법은 평가를 빨리하는 게 중요해요. 왜 아플까? 어떻게 아플까? 얼마나 심하게 아플까? 이런 전체적인 평가를 빨리 해서 지체 없이 치료하면 돼요.

통증치료를 했다고 끝나는 게 아니고 재평가를 해요. 이를테면 약을 먹었는데 30분 뒤에 어떤 효과가 나타날까? 주사를 맞았는데 15분 뒤에 어떤 변화가 있나? 이렇게 재평가하고 그 평가 결과에 따라 재치료에 들어갑니다. 재치료 후 다시 재평가하고……. 핵심은 곁에서 끊임없이 환자를 관찰하고 치료하는 것이죠. 이건 정성과 노력, 사랑 그리고 관심이 없으면 불가능한 일입니다."

듣고 보니 '대단히' 간단한 과정이었다. 다만 여기에는 사랑과 관심이라는 의료인의 기본 덕목이 필수적으로 있어야만 한다.

## 쪽방촌 외톨이,
## 신창렬

사랑과 관심은 때로 불가사의한 기적을 낳는다.

쪽방촌에 살던 신창렬(61세) 님은 모현 호스피스에서 만난 가장 외

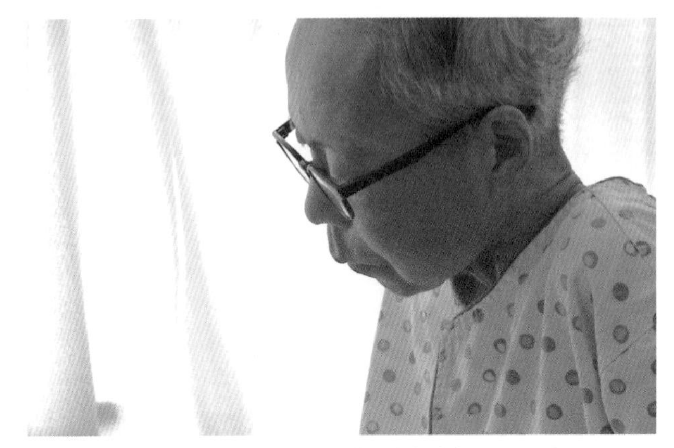

몸보다 마음이 위독했던 사람

로운 환자였다. 그는 초등학교 입학 전에 부모를 잃고 친척집을 전전하다 결국 혼자가 되었다. 그가 호스피스에 입원한 이후로 단 한 명의 일가친척도 그를 찾아온 적이 없었다. 그에게는 딱 한 명의 친구와 딱 한 명의 누이라 부르는 지인이 있을 뿐이었다.

한때 그는 카페를 여럿 소유할 만큼 돈도 벌었지만 쉰이 넘어서는 무일푼이 되고 말았다. 그는 기초수급대상자로 정부지원금에 의지해 창신동 쪽방촌에서 외로이 늙어갔다. 그런데 10년 전 후두암을 앓은 뒤 나았나 싶더니 그것이 5년 후 식도로 전이되어 급기야 기도에 구멍을 뚫었고 혀의 상당 부분을 절제했다. 말을 잃어버린 것이다. 이미 일상에서 섬처럼 고립되어 있던 그는 육체적으로도 완벽한 단절에 갇혔다.

원자력병원에서 최종적으로 수술하고 경과를 지켜보는 사이 그는 강하게 퇴원을 요구했다. 오랜 병원생활로 몸과 마음이 지쳐버린 그는 집에서 요양하며 통원 치료하기를 원한 것이다. 그렇게 쪽방촌으로 돌아온 사흘 뒤 그는 자살을 시도했다. 다행히 사회복지사가 발견해 입원하고 퇴원하기를 몇 차례 반복했다고 한다. 병세가 그리 위독한 건 아니었지만 그의 마음은 말기 환자에 속했다.

원자력병원 사회복지팀에서 연락이 왔을 때 모현 호스피스에서는 신창렬 님의 수용 문제를 두고 논쟁이 심했다고 한다. 호스피스는 말기 암환자를 보살피는 곳인데 몸은 아직 말기가 아니고 마음만 죽어가는 환자의 병을 어떻게 다스릴 수 있겠는가. 당시 모현의 사회복지사 헬레나 수녀는 일단 받자고 했지만 걱정이 많았다.

"무연고 환자는 사실 내가 보호자가 되어야 하기 때문에 책임감을 많이 느껴요. 책임지지 못할 거면 아예 처음부터 받지 않아야 해요. 그 사람에게 두 번 상처를 줄 수 있으니까요.

그분이 여기로 온 뒤 나는 어린아이를 어린이집에 처음 맡긴 엄마 같은 느낌이었어요. 내가 쉬는 날은 늘 불안했지요. 신창렬 님이 잘 지내고 계실까? 오늘은 배가 아프지 않으셨을까? 오늘 밤은 잘 주무실까? 오늘 간호사 선생님, 간병인 여사님이 그분 때문에 많이 힘들지는 않았을까? 엄마 같은 마음으로 미안했던 거예요. 그냥 다 미안했어요."

그런 미안한 마음을 신창렬 님은 전혀 눈치 채지 못한 걸까? 그가 처음 입원한 날 나는 복도에 앉아 있는 신창렬 님 옆자리에 앉으며 인사를 했다. 그는 곁눈질로 흘끔 나를 쳐다보더니 휴대용 화이트보드에 글을 적어 내 면전에 들이댔다.

'취재 X'

그것도 'X'는 빨간색이었다. 사흘이 가기도 전에 병동에는 진상 환자가 왔다는 소문이 파다해졌다. 그의 휴대용 보드판에는 듣도 보도 못한 다양한 '욕'이 간병인, 간호사 할 것 없이 전 방향으로 쏟아져 나왔다. 욕으로도 화를 풀지 못하면 그는 손에 잡히는 것은 뭐든 집어던졌고 때론 폴대를 휘두르기도 했다. 호스피스에서 간병비를 대신 지원하고 있었음에도 보름 만에 간병인이 바뀌었다. 무료 간병인을 두 번이나 바꾼 셈이다. 여기에다 먹은 것을 게워내고 간호사 몰래 숨겨둔 과자만 먹었다. 그걸 다시 토하기를 반복하더니 초로의 나이에 체중이 위험한 수준인 38킬로그램으로 떨어졌다.

심리학과 컨설팅 분야에서 폭넓게 활동하고 있는 캔 드럭은《인생의 진정한 법칙》에서 이렇게 말했다.

"제대로 마주하지 않아 처리하지 못한 슬픔은 언젠가 스스로 드러나며 그것도 다른 방향으로 드러나는 속성이 있다. 제대로 처리하지 못한 슬픔은 무감각, 공격성, 타인의 고통에 대한 무관심 등으로 바뀌는 경향이 있다."

정극규 원장은 보기 드물게 인내심이 강하고 인자한 인품의 의사다. 그런 그 앞에서도 신창렬 님은 여러 차례 시위를 했고 그 대부분은 진통제가 듣지 않는다는 내용이었다. 정 원장은 진통제의 강도를 높이거나 종류를 달리해 통증을 조절해보려 애썼다. 그런데 강한 진통제를 맞은 신창렬 님은 자주 섬망 증세를 보였다. 한번은 간병인이 자리를 비운 사이 내가 옆에서 어설프게 간병을 하고 있었다. 깊이 잠든 줄 알았던 그는 슬며시 일어나더니 내게 뭔가 말을 건네려 했다. 물론 말이 나올 리 없었다. 그는 내게 노트를 건네더니 손으로 가져가라는 시늉을 했다.

노트를 열어보니 그의 투병일기였다. 잠시 내 몸에 전율이 일었다. 그것은 쪽방에서, 병실에서 불안과 죽음에 홀로 맞서는 외로운 영혼의 신음과 비명을 풀어낸 것이었다.

'하느님, 내일 재수술을 합니다. 저는 어떻게 되는 걸까요?'

'잔고가 이제 얼마 남지 않았다. 내일을 알 수 없다…….'

노트의 모든 쪽이 비명처럼 아우성치고 있었다. 때론 하나뿐인 친구를 향해, 때론 신을 향해, 때론 알 수 없는 누군가를 향해 처절한 비명을 지르고 있었다. 아, 이처럼 외로운 삶이 또 있을까 싶었다.

나는 급히 카메라를 세팅해 노트 첫 쪽에 포커스를 맞췄다. 첫 쪽에는 '이 노트를 발견한 분은 OOO에게 연락을 해주세요'라는 말과 함께 전화번호와 통장잔고, 비밀번호 등이 기록돼 있었다. 다음 쪽으

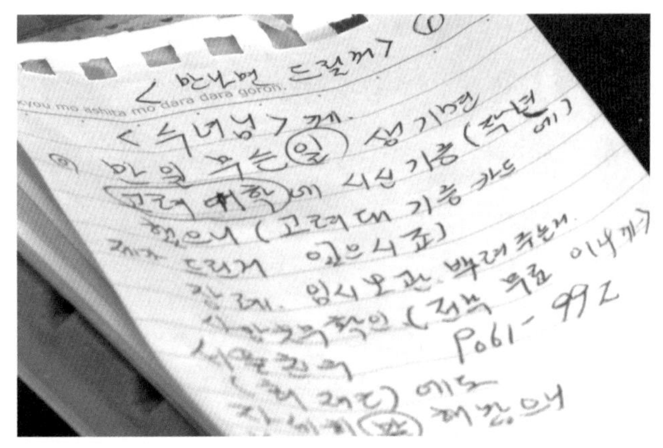


신창렬 님이 수녀님께 전한 유서 같은 메모

로 넘기려다 나는 갑자기 손을 멈추었다. 문득 이런 생각이 들었기 때문이다.

'이 처절한 투병기를 일반 관객에게 보여주고 싶어서 내게 전할 걸까? 무의식중에 누군가를 통해 유언으로 남기려는 것일까, 아니면 그저 섬망 상태에서 부지불식간에 한 행동일까? 일단 촬영하고 나중에 이해를 구해볼까?'

나는 첫 쪽을 찍고 카메라를 접었다. 만약 내가 그의 상황에 놓여 있다면 과연 이것을 보이고 싶어 할까? 자신의 가장 내밀하고 취약한 모습을 모든 이에게 보이고 싶은 사람이 있을까? 결국 나는 노트를 덮고 신창렬 님의 수납장 서랍에 가져다놓았다. 많이 아쉬웠지만 마음은 편했다.

한창 다큐멘터리에 심취해 있던 삼십대에 나는 늘 출연자의 내면 깊숙이 들어가고자 했다. '심연 속의 심연'까지 들여다보고 싶어 했다. 그래서 늘 심문하듯 촘촘한 그물망의 질문을 준비해 출연자의 알몸을 드러내려 했다. 언뜻언뜻 내비치는 속살을 발견할 때면 쾌감이 절로 느껴졌다. 당시엔 출연자 본연의 알몸을 드러내는 게 다큐멘터리 감독의 최우선적 덕목이라 생각했다. 설령 그것이 가학적이라 할지라도 '진실'을 위해서는 감수할 수밖에 없노라 여겼다. 양파껍질을 까서 결과적으로 다시 양파 속껍질을 얻을지라도 일단 까고 보겠다는 의지로만 충만해 있었다.

그런데 세월과 함께 나이를 먹으면서 그러한 신념에 균열이 오기 시작했다. 어쩌면 그 알몸이 그의 진실이 아닐지도 모른다는 생각이 들었다. 더불어 알몸을 포장하거나 방어하고 있는 그 옷차림을 포함한 모습이 진정한 실체와 더 가까울 수도 있다는 생각이 들었다. 그것이 허위라 할지라도 허위를 입은 그 모습이 그의 총체적 본질에 가까울 수 있다.

병의 원인을 해부를 통해 얻을 수 있는 진단과 손목의 진맥만으로 얻을 수 있는 진단이 있다. 면도날로 몽땅 해체한 분자나 원자에서 개성을 찾을 수는 없다. 때론 삶을 총체적으로 들여다보는 시선이 필요하다. 명확한 진실은 얻지 못할지언정 모호한 담론 안에 진실이 어렴풋이 엿보일 때도 있다. 나는 신창렬 님과 관계가 돈독해진 이후에도 왜 내게 노트를 건넸는지 혹은 그 노트를 촬영해도 되는지 묻지 않았다. 그의 알몸보다 환자복을 입은 그를 통해 그의 마음과 몸이 얼마나 야위었는지가 잘 드러났기 때문이다.

## 상처를
## 덧대는 시간들

그가 온 한 달 동안 촬영팀을 비롯한 병원 직원들은 그가 복도에 나타나면 피하기 바빴다. 그러면 1층에서 한창 복지업무를 처리하던 헬레나 수녀가 서둘러 2층 병동으로 뛰어올라갔다.

"그는 가족이 없는 무연고자에다 기초수급대상자로 병원에 입원해 있는 동안에도 알게 모르게 상처를 받았을 거예요. 만약 가족이 있었다면 병원에서 이토록 빨리 퇴원 처리를 했을까요? 서류상으로 바로바로 처리했을까요? 늘 사회 안에서 배제당하고 소외된 채 살아온 그분의 삶은 상처에 상처를 더하는 과정일지도 몰라요. 자꾸만 덮어씌우고 얹어놓으면 그분은 점점 오그라들겠죠. 눈치를 봐야 하고 미안해해야 하고. 그분이 버틸 수 있는 힘은 떼를 쓰는 거예요. 결국 자살의 의미는 나를 알아달라, 도와달라는 의미였을 거예요."

헬레나 수녀는 누구도 근접하기 힘든 신창렬 님을 보호자 대기실이나 옥상으로 데려가 다독이고 설득했다. 그렇게 상담을 마치면 몇 시간이나 하루 이틀은 호스피스가 평온을 되찾았다.

"충분히 여명이 남은 분이에요. 전이된 부위가 많지 않아요. 정신적으로 불안할 때 환자들은 보통 그것을 병으로 인한 통증 때문이라고 생각해요. 하지만 육체적 통증이 아닐 때도 있어요. 이 통증이 암에서 오는 암성통증인지 아니면 마음이 불안하고 두려워서 찾아오는 심리적인 통증인지 잘 구분해야 해요.

잘 먹고 잘 놀던 어린아이가 갑자기 울음을 터트리는 상황을 떠올려보세요. 어린아이들은 그냥 울어요. 우는 걸로 표현하고 호소해요. 열이 나서 그런지 배가 아파서 그런지 아니면 밥을 달라고 하는 건지는 엄마가 잘 살펴봐야 알잖아요. 환자도 마찬가지예요. 환자는 통증으로 호소해요. 아프다, 아프다 하면 그 통증이 어디에서 비롯되는지 엄마의 입장에서 살펴봐야 해요."

헬레나 수녀는 환자의 통증이 심리적인 부분에서 비롯될 수도 있음을 설명해주었다.

"평소에 자기감정을 솔직하고 구체적으로 표현해온 사람은 아플 때도 구체적으로 표현해요. 이건 육체적으로 아픈 게 아니라 '내가 마음이 힘들어서 그래요, 마음이 많이 불안해요'라고 표현하는 거예요. 사람은 마지막까지 자기 성향을 그대로 갖고 가잖아요. 평소에 자기감정을 표현하지 못하던 사람은 불안해도 아프다고, 짜증나도 아프다고, 뭔가가 못마땅해도 아프다고 표현해요."

신창렬 님은 서툴게 자기감정을 표현하고 있었던 것이다.

헬레나 수녀를 비롯한 모현 호스피스 직원들은 다시 마음을 다잡고 신창렬 님을 각별하게 보살폈다. 마음만 돌리면 몸이 살아날 희망이 있는 환자였기에 어떻게든 살리겠다는 생각이었다. 헬레나 수녀는 신창렬 님 병실에 '특수요원'을 투입하는 결단을 내렸다. 신학생 스테파노였다. 하지만 그는 특수요원으로서 갖추어야 할 오랜 실전 경험이나 투철한 사명감 같은 것이 전혀 없는 신출내기 회의주의자였다.

그는 신학교 부학생회장이 될 만큼 리더십과 친화력은 뛰어났지만 학년이 올라갈수록 오히려 사제로서의 종교적 신념은 잦아들었다. 그러한 상황이 오래 지속되다 결국 그는 자살을 시도했다. 이후 자퇴하려는데 그를 남다르게 본 신부들의 강력한 권유로 그는 휴학을 하고 호스피스에서 6개월 동안 실습에 들어갔다. 이처럼 사제로 가는 갈림길에서 맞는 특별한 시간을 '식별'기간이라고 한다. 그는 식별기간이 끝나기 전에 진로를 결정해야 한다.

어찌 보면 젊은 자살환자더러 늙은 자살환자를 간병하라고 보낸 셈이 아닌가. 100킬로그램이 넘는 스물여섯 살의 젊은 환자가 40킬로그램을 갓 넘는 환갑의 늙은 환자에게 찰싹 달라붙어 다니는 모습은 기이한 느낌을 불러일으켰다. 누가 봐도 부조화를 떠올리게 하는 이 둘을 접착제로 붙인 이가 바로 헬레나 수녀였다.

"결론은 포위를 해야 하는 거라고요?"

"이러면 이거 먹는 거죠? 그건 알아요."

"포위. 좋아요. 이제 대충 감 잡았어요."

"아, 그렇게 놓고 시작하는 게 좋은 거라고요?"

"대각선으로는 못 나간다고요? 직진으로만 전진."

매일 오목을 두자고 찾아오는 스테파노에게 신창렬 님이 바둑을 가르치는 장면이다. 신창렬 님이 말을 못하니 그가 짧은 글로 쓰고 이를 '자유롭게' 해석하며 배우는 스테파노의 실력은 한 시간이 넘도록

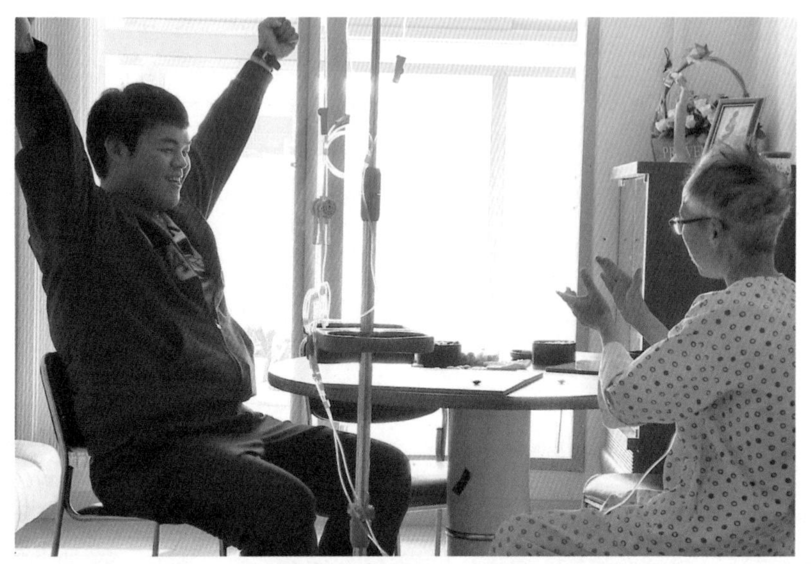

때로는 마음의 기적이 몸의 기적을 불러온다

제자리다. 까만 건 내 바둑알, 흰 건 네 바둑알만 확실히 구분할 뿐. 옆에서 촬영하며 신창렬 님을 지켜보던 나는 마음이 조마조마했다. 수제자가 곰 같으니 그 성격에 바둑판을 뒤엎는 건 시간문제라는 생각이 들었기 때문이다. 결국 바둑판이 엎어지긴 했지만 아주 조용히 뒤집어졌다. 그걸 뒤집은 쪽은 신학생이었다.

"알까기 한 판 할까요?"

신창렬 님의 눈동자가 흰자위 위에서 번뜩거렸다. 짧은 시간이었지만 긴장감이 감돌았다. 그는 천천히 바둑알을 집더니 장기판에 알까기 진영을 배치했다. 그리고 그들은 연속으로 열세 판 알까기를 했다.

마치 알까기 바둑알처럼 앞으로 쏘아대기만 하던 신창렬 님은 점차 차분해졌다. 두 자살환자는 때론 아버지와 아들처럼 또 때론 뚱뚱이와 홀쭉이처럼 더러는 낯 뜨거운 연인처럼 변해갔다.

주말에 간병인이 쉬러 가면 간병인을 대신해 스테파노가 신창렬 님과 함께 자곤 했다. 한때 150킬로그램을 넘었던 거구의 몸이 좁은 간이침대에 누우면 양쪽 어깨가 땅에 닿을 듯했다. 그게 눈에 거슬렸는지 한번은 신창렬 님이 간이침대에 눕겠다고 우기기 시작했다. 그야말로 심한 환자가 약한 환자에게 자리를 양보하는 꼴이었다. 실랑이가 몇 분을 오가더니 스테파노가 "여기서 자다가 수녀님께 들키면 전 쫓겨나요" 하고 읍소한 뒤에야 다들 제자리로 돌아갔다.

나는 스테파노에게 간병을 부탁한 헬레나 수녀의 절묘한 의도가 몹시 궁금했다.

"누군가가 내 옆에서 함께 잠을 잔다는 느낌이 어떤지 알잖아요. 그 사람이 누구든 그는 내게 굉장히 고맙고 소중한 존재지요. 토요일만 되면 신창렬 님과 스테파노 사이에 사랑싸움이 일어납니다. 신창렬 님이 스테파노에게 침대에 올라와서 자라, 내가 내려가서 자겠다 하면서 서로 양보하고 거절하는 거죠.

항상 혼자 살았는데 누군가가 내 옆에서 코를 골며 자고 있다고 생각해보세요. 그러면 내가 환자지만 되레 그 사람을 돌보고 싶은 마음이 생기는 거예요. 가끔 스테파노에게 내가 말해요. 네가 뭘 잘해서

“우리가 어떤 아픔을 겪었을 때 그 아픔이 그냥 무뎌졌거나
덮어졌어도 그 아픔을 치유하는 과정이 필요해요.
그 아픔이 물에 잠긴 쓰레기라면 그것을 걷어내기 위해
물은 다시 한 번 흙탕물이 될 수밖에 없어요.
그 과정, 그 여과가 필요한 거예요.
얌전하게 쓰레기만 건지지는 못해요. 물을 한 번 뿌려야 해요.
그 쓰레기를 다 건져냈을 때 물은 흙탕물이 되겠지만
시간이 지나면 물은 다시 맑아져요.
치유가 되려면, 아픔 이후의 깨달음을 얻으려면
이런 과정과 과도기를 거쳐야 해요.”

내가 힘이 들 때마다 다시 생각해보는 헬레나 수녀의 말이다.

그분이 너한테 고맙다고 하는 게 아냐. 네 존재 자체가 고마운 거야."

두 남자가 뿜어내는 온기는 곧 병동 전체로 파다하게 퍼져 나갔다. 박수명 님 부부는 곧잘 신창렬 님에게 간식거리나 몸에 좋다는 음식을 건넸다. 그러면 신창렬 님은 나이에 어울리지 않는 스낵이나 사탕을 들고 가서 보답하곤 했다. 그가 특히 좋아하던 '카스타드'는 퇴원하는 날 다섯 상자가 동이 났다.

정 원장 역시 신창렬 님의 상황을 날카롭게 파악하고 있었다.

"일반병원에서 호스피스로 옮길 무렵 미래에 대한 불확실성 때문에 그가 심리적으로 굉장히 불안해하던 시기가 있었어요. 앞으로 어떻게 살아야 할지 막막했던 그 시기에 몹시 힘들었던 거예요. 실제로 그는 가슴이 조이는 것 같다고 많이 호소했어요. 심리적 요인이 더해져 통증이 완화되지 않았으니 진통제 용량은 계속 올라갔죠. 신체적 불편함과 심리적 요인이 함께 작용한 셈이지요. 진통제와 진정제를 아주 많이 투입했어요. 정말 이렇게까지 통증이 심한가 싶었지요. 우리가 아무리 심리적 통증이라 생각하더라도 환자 자신이 뭔가를 해주기를 원하니까 주사는 또 들어갔고. 이게 악순환을 일으키면서 용량이 올라간 적이 있는데, 환자가 안정을 찾으면서 진통제가 전에 비해 반 이상 줄었어요.

우리는 육체적인 문제만 아프다고 생각하지만 환자들은 심리적, 영적, 사회적 고통을 모두 아프다고 표현해요. 수녀님께서 문제에 잘 접근하고 안내한 덕분에 효과를 본 것 같아요."

지극히 평범해 보일 수도 있는 '사랑'과 '관심'이라는 덕목은 보통사람이 맞으면 사나흘을 몽롱하게 만드는 모르핀보다 강력한 진통제였다. 그런데 처음에 그저 진통제로만 작용하는 듯했던 사랑과 관심은 몇 달 후 놀라운 항암제였음이 밝혀졌다. 촬영이 끝날 무렵 헬레나 수녀가 흥분해서 늦은 시간에 전화를 걸어왔다.

"암이 발견되지 않았대요."

"네, 무슨 말씀이에요?"

"원자력병원에서 검사 결과가 나왔는데 신창렬 님 암수치가 정상으로 나왔고 아주 깨끗하대요."

기적이 일어난 셈이었다. 모두가 환호하고 한마음으로 기뻐했다. 정극규 원장도 놀라운 경험이었다고 말했다.

"우리도 사람이 이렇게 변할 수 있구나 하는 걸 경험했습니다. 우리의 노력과 사랑 그리고 우리가 할 수 있는 모든 힘을 합치면 사람을 이렇게 변화시킬 수 있다는 걸 배웠습니다."

의지할 데가 아무도 없고 세 번이나 자살을 시도한 사람, 남아 있는 돈을 쪼개고 쪼개 자신의 병간호와 장례 준비를 해야 하는 사람, 그가 바로 신창렬 님이었다. 그는 내가 만난 호스피스 환자 중 마음이 가장 죽음에 가까이 있던 사람이었다. 다행히 그의 마음이 살아나면서 몸도 함께 살아났다. 영화를 개봉할 무렵 그의 몸무게는 50킬로그램을 넘었고 이제는 자신의 후배를 병간호하느라 여념이 없다고 했다. 삶의 충만함을 되찾은 그는 받은 만큼 돌려주고 있었다.

사랑보다

—

더 높은 차원의

—

'인간에 대한 예의'

죽음 바로 앞에 있는 호스피스 환자들에게도

죽음을 온전히 받아들이는 건

결코 쉽지 않았다.

기쁨은 죽음을 잊게 했고

죽음은 기쁨을 잊게 했다.

## 삶이라는
## 이름의 면면

내가 그곳을 찾기 전 모현 호스피스에 조선족 간병인이 한 명 있었다고 한다. 5년 동안 휴가도 챙기지 않고 오로지 일만 열심히 한 그녀는 목표로 한 돈이 모이자 고향으로 돌아갈 채비를 했다. 그런데 귀국 날을 잡아놓고 몸살 기운이 있어서 병원에 갔다가 간암 말기라는 선고를 받았다. 그녀는 고향으로 돌아가지 못했고 반대로 가족이 한국으로 왔다. 그리고 그녀는 모현 호스피스에서 생을 마감했다. 당신의 일터가 당신의 마지막 안식처가 되고 만 것이다.

마흔이 갓 넘은 한 남자 환자는 하루 종일 병상에 누워 있었다. 대기업에서 과장으로 근무했다는 그는 다른 환자에 비해 건강해 보였고 늘 해맑게 웃었다. 안타깝게도 그는 암이 뇌까지 퍼지는 바람에 의사표현이나 인지기능이 떨어져 세 살짜리 같은 상태였다. 아내는 남편 대신 돈을 벌어야 했으므로 돌보는 이는 가끔 대소변을 확인해 주는 간병인이 전부였다. 일주일이나 이주일에 한 번씩 아이들이 낯선 아빠를 보러 왔다. 어쩌면 그가 자신의 고통스런 상황을 모르는 채 있는 편이 나을 수도 있겠다는 생각이 들었다. 하지만 다시 생각하니 그가 얼마나 외로울까 싶었다.

한 여자 환자는 예순을 갓 넘긴 나이였는데 여든이 넘은 어머니가 간병을 했다. 여든의 어머니는 이미 암으로 두 번이나 수술한 경험이 있었고, 처음 암을 앓다가 호스피스로 온 딸을 간호하는 형편이었다. 그런데 그들 모녀 사이에는 이상하게 미묘한 갈등이 있었다.

어머니는 삼십대에 남편을 잃고 몇 년 후 젊은 나이에 암을 앓았다. 그녀는 수술을 받으며 강하게 결심했다.

'내 한 몸을 제대로 지켜내지 못하면 아이들도 지켜낼 수 없다.'

이후 그녀는 죽기 살기로 등산과 요가는 물론 근력운동까지 했고, 긍정 마인드 프로그램을 찾아다니기도 했다. 그러면서 암이 재발하고 이겨내기를 반복했다.

딸의 입장에서는 그런 엄마에게 약간의 서운함이 있었다. 엄마가 당신의 몸만 챙기고 자신은 제대로 챙겨주지 않았다는 서운함이었다. 엄마는 미안하고 딸은 서운하고……. 그 묘한 감정은 호스피스로 이어져왔다. 그렇게 팔순의 엄마는 육순의 딸 곁을 한시도 떠나지 못했다.

반대로 팔순의 노모를 모시는 환갑의 딸도 있었다. 그들은 서로가 서로에게 굉장히 편안해 보였다. 보호자인 딸도 이미 부양받아야 할 나이였지만 그녀는 홀로 어머니 곁에서 끝까지 간병했다. 딸은 수시로 엄마에게 노래를 불러주었고 그때마다 "엄마, 잘 불렀지? 노래 좋지?" 했다. 그러면 엄마는 "시끄러, 그만 불러" 하면서 투정을 부렸다. 그래도 딸은 킥킥거리며 또 노래를 불렀다. 흐뭇한 모녀의 모습이었다.

삶이란 내게 잠깐 맡겨진 선물이라고 한다. 이 말처럼 우리는 유한한 생을 살아간다. 언젠가 이 선물을 되돌려줘야 하지만 그때가 언제인지는 아무도 모른다. 이 선물을 얼마나 소중히 가꾸고 있는가? 질문하는 것조차 머뭇거리면 너무 늦을지도 모른다.

## 내일이면
## 너무 늦어버릴 깨달음

이영옥 님과 최덕희 님은 부부 자원봉사자다. 발 마사지, 손 마사지를 해주는 이 부부에게는 남다른 사연이 있다. 박수명 님의 발을 마사지하며 최덕희 님이 자기 이야기를 털어놓았다.

"내가 교통사고를 크게 당해 일 년 동안 병원에 누워 있었어요. 침대에 누워 대소변 받아내는 걸 일 년간 했어요. 워커 잡고 다니고 휠체어 타고 다니고, 그때 남편은 내 옆에서 지팡이처럼 있어 줬어요. 우리 부부가 이처럼 가까워진 게 그때였어요. 견디기 힘든 고통이 찾아오니 결국 부부밖에 없더라고요.

그때는 너무 슬펐어요. 멀쩡히 걸어 다니던 사람이 대소변마저 남의 손에 의존해야 했으니까요. 어느 날 갑자기 교통사고가 나고 삐옹삐옹 구급차가 달려오는 게 TV에나 나오는 일인 줄 알았어요. 그건 내게 남의 일이었는데 느닷없이 그게 내 일이 된 거예요.

정말 악몽 같았어요. 처음에는 악몽일 거야, 절대로 아닐 거야 했는데 그게 현실이더라고요. 침대에 누워 있느라 답답하기도 했지만 무엇보다 너무 아프니까 마냥 울었어요. 내가 그렇게 다칠 거라는 생각은 한 번도 해본 적이 없었어요. 그걸 마음으로 받아들이기까지 많은 시간이 필요했지요.

내가 다시 걸을 수 있을까? 가장 슬펐던 것은 수술하고 난 다음에 휠체어에 앉아 무릎을 굽혀야 하는데 그게 안 되는 거예요. 수술하고 누워 있던 몇 개월 사이에 뼈가 굳은 거지요. 그래서 앉아 있지를 못했어요. 아프지 않을 때는 무릎을 굽혔다 펴는 게 정말 아무것도 아니었는데 말이죠. 그 후 아기 낳는 고통보다 더한 고통을 겪으며 물리치료를 했어요. 한번은 휠체어를 타고 가는데 앞에 미니스커트를 입은 여자가 하이힐을 신고 또각또각 걸어가는 거예요. 그걸 본 순간 왈칵 눈물이 쏟아졌어요. 길에 사람이 바글바글하거나 말거나 마구 울었지요. 나도 저렇게 걸을 수 있을까 싶어서 서러웠지요."

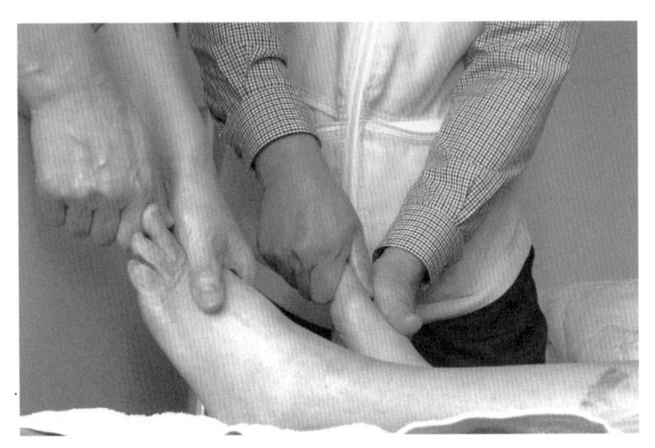

고통의 끝자락에서 삶의 진정한 의미를 찾은 부부의 모습은 아름다웠다

그녀는 슬플 때 참지 않고 실컷 울고 나자 오히려 괜찮아졌다고 한다. 이후로 그녀는 '빨리 낫게 해주세요'가 아니라 '희망을 잃지 않게 해주세요'라고 기도했다. 사고 당시 더 심한 곳을 다쳤다면 평생 휠체어 생활을 했을 텐데, 지금만큼이라도 움직일 수 있는 것에 감사하단다. 그녀는 지금도 다리를 약간 절룩거린다. 특히 계단을 오르내릴 때면 심하게 전다. 그런 몸으로 그녀와 그녀의 남편은 발 마사지를 배웠고 매주 토요일마다 모현 호스피스를 찾아왔다. 내가 있는 동안 그들은 단 한 번도 토요일 봉사에 빠진 적이 없다.

가끔 심하게 아플 때면 우리는 언뜻 기도 같은 다짐을 한다. 이번에 낫기만 하면 착하게 살게요. 낫기만 하면 좀 더 사랑하며 살게요. 낫기만 하면 인생을 헛되지 않게 살게요.

허나 낫기가 무섭게 우리는 일상의 관성으로 돌아온다. 다시 말해 번잡하고 무가치한 속도에 자신을 맡겨버린다. 혹시 병이라는 지독한 아픔이 주는 마음의 약을 스스로 독으로 바꿔버리는 것은 아닐까? 최덕희 님은 몸이 제자리로 돌아오기도 전에 마음의 약을 붙들었다. 아니, 망각하기 전에 아픔을 약으로 굳혔다. 그 약은 몸을 온전히 돌려주지는 않았지만 마음은 어느 누구보다 건강하게 만들어주었다.

"발 마사지는 굉장히 중요해요. 내가 아플 때 보니까 발이 제일 무겁더라고요. 사실 발은 잘 보여주고 싶지 않은 부분이지만 발을 마사지하면 환자와 내가 곧바로 교류할 수 있어요."

아내의 말을 이어 남편이 말했다.

"어떤 기술이 필요한 게 아니고 그냥 내 어머니다, 내 할머니다, 그런 마음으로 하는 거예요. 기술적인 것보다 마음이 중요하지요."

하루는 그들의 마사지를 받던 박수명 님이 '내가 헛살았구나' 하는 생각을 했단다. 박수명 님은 최덕희 님 부부에게 마사지를 전수받던 자녀들에게 당부했다.

"나는 뭐하고 살았나 하는 후회를 했어. 그래서 꼭 너희들이 이분들을 만났으면 했단다. 저분들 표정이 정말 좋지? 저분들이 그런 이야기를 하셨어. 나중으로 미루면 못한다고. 일주일이든 한 달이든 아니면 '아휴, 내가 지금 젊으니까 몇 살 때부터 해야지' 하고 생각하면 늦는대. 못한다고 하더라고. 그러니까 엄마랑 함께 해봐. 거창하게 생각지는 말고."

죽음이 다가오면 사람들에게 각자 소원이 생긴다.

그중에는 이룰 수 없는 것도 있고 이룰 수 있는 것도 있다.

이룰 수 있는 소원에는 상당히 집착하고,

이룰 수 없는 소원에는 그저 회한만 할 뿐이다.

누군가가 찾아와줬으면, 누군가와 화해했으면,

누군가에게 고백했으면, 무언가를 했으면,

어딘가로 가봤으면……

"삶의 마지막 순간에 원하게 될 것, 그것을 지금 하라."

내 삶이 어느 정도 안정되고 일정 궤도에 오르면 봉사하는 삶을 살아야지 하고 막연하게 생각하는 사람이 많다. 하지만 최덕희 님 부부는 그렇게 생각만 하면 결국 늦는다고 말한다. 호스피스에 있다 보면 오늘이 아니면 안 되는 일이 점점 늘어난다. 감사하는 마음, 사랑하는 마음, 봉사는 모두 오늘이 아니면 안 되는 일이다. 사랑과·봉사를 일상에 섞는 자세로 살아야지 내일로 미루면 늦는다.

이것을 가장 진실하게 보여준 사람은 내가 모현에서 만난 택배기사다. 모현을 포함해 포천 중심부를 담당하는 그는 매일 모현에 들렀다. 가는 길에 잠시 들르거나 퇴근길에 오기도 했고 전화를 받고 오기도 했다. 그를 매일 만난 나는 그가 호스피스 직원인 줄 알았다.

그가 호스피스에 와서 하는 일이 딱히 정해진 건 아니다. 기타 치며 노래 부르기, 목욕 봉사가 있는 날 침대 옮겨주기, 환자나 보호자 심부름, 잡초 뽑기 등 온갖 허드렛일이 그의 몫이었다. 그중 주특기가 통기타 연주였다. 그는 환자들의 신청곡을 받아 기타를 쳐주거나 노래를 불러주었다. 그것은 그에게 생활의 일부였고 스스로도 이를 봉사라고 여기지 않는다고 했다. 그저 아침저녁으로 하는 양치질 같은 것이라고 했다. 그는 바빠서 하루라도 호스피스를 방문하지 않으면 찜찜하다고 말했다. 사실 택배 일은 택시운전 다음으로 바쁜 직업이라고 한다. 더구나 벌이가 그리 넉넉한 편도 아닌데 그의 얼굴에는 부처님 반쪽 같은 미소와 여유가 흘러넘쳤다.

꼭 여유가 있어야 여유를 만끽할 수 있는 걸까? 택배기사와 최덕희

매일 배달하는 택배 물건처럼 그의 봉사는 매일매일 이어졌다

님 부부는 여유는 상황에 따라 주어지는 것이 아니라 스스로 만드는 것임을 잘 보여주고 있다.

할머니 환자의 발을 마사지하며 이영옥 님이 마음까지 다독였다.

"졸리면 주무시고 이야기하고 싶으면 말씀 좀 해주세요. 그래도 이렇게 마사지를 허락하니 저희가 좋네요. 이것도 받지 않고 아프다고 마음의 문을 꼭꼭 닫아버리면 안 돼요. 마음을 활짝 열어야지요. 발도 사랑받으면 예뻐져요. 사랑은 발도 바꾸고 마음도 바꾸고 다 바꿔요. 아, 할머니의 발이 예뻐지네요."

## 반평생을
## 암과 함께한 남자

영화 〈목숨〉을 작업하면서 나는 뜻하지 않게 두 번의 사고를 당했다. 왼쪽 팔목이 부러지고 다시 오른쪽 손목에 금이 가는 사고였다. 그날 경기도 가평에 있는 요양병원을 방문하는 중이었는데 폭설로 길이 끊겨버렸다. 하는 수 없이 홀로 장비를 메고 4킬로미터나 되는 산길을 걸어갔다. 그러다가 요양병원이 내려다보이는 내리막길에서 눈길에 미끄러져 그만 팔목이 부러지고 말았다. 당시에는 조감독도 없어서 요양원을 소개해준 찰리 선생의 도움을 얻어 겨우 병원에 도착했다. 공교롭게도 그 병원에는 외과 담당의가 없었고 나는 신문지로 부목을 댄 채 집에서 가까운 병원을 향해 한 손으로 차를 몰았다. 엑스레이를 찍어보니 팔목이 여덟 조각으로 부서져 있었다.

또 한 번은 아이들과 정신없이 술래잡기를 하다 그만 공원 자갈밭에서 심하게 구르고 말았다. 대학 강의에다 영화까지 찍느라 세 살, 여덟 살 아들들과 함께하는 시간이 부족했던 내가 오랜만에 열심히 놀아주려다 당한 사고였다. 그때 손목뼈 두 군데에 금이 가고 무릎을 다쳐 난생처음 구급차에 실려 갔다.

간이침대에 상체를 묶고 응급실까지 가는 동안 처음 환자의 시선으로 세상을 바라봤다. 작은 차창 밖으로 하늘과 전선줄만 간간히 보였다. 침대에서 침대로 넘어와 누워 있던 상태에서는 그저 빤한 천

장만 눈에 들어왔다. 그때는 목보호대를 착용한 터라 주변 상황을 그저 소리와 촉감으로만 느껴야 했다. 내가 만난 많은 환자가 그처럼 고정된 시선으로 몇 달, 몇 년을 보냈을 생각을 하니 마음이 짠했다. 그 느낌이 어찌나 강렬했던지 영화 〈목숨〉에는 그렇게 올려다보는 하늘 장면이 많이 나온다. 그것은 환자가 되어 침대에 눕고 난 뒤에야 비로소 알게 된 사실이다. 이후 나는 카메라 앵글이 아닌 마음의 앵글을 들이대기 시작했다.

임도수(50세) 님은 아주 이른 나이에 암 투병을 시작했다. 그 나이를 들으면 안타까운 한탄이 절로 나오는 꽃다운 스물여섯 살. 그 나이에 그는 처음 암 수술을 받았다. 이제 쉰이 되었으니 무려 인생의 절반을 암과 함께 살아온 셈이다. 그는 원래 내성적인 데다 낮 시간에 홀로 독실을 지키다 보니 말수가 무척 적었다.

낮 동안 학교에서 근무하는 임도수 님의 아내는 퇴근하면 일산에서 포천까지 거의 매일 왕복 네 시간을 차를 몰고 찾아와 남편을 만났다. 가끔은 누가 환자인지 구분하기가 힘들 만큼 아내는 지쳐 있었지만, 주말에는 그녀의 안색이 약간 좋아졌다.

"아주 잘 참는 양반이에요. 아파도 정말 잘 참아요. 요로결석이라는 게 여자들이 아이를 낳는 고통만큼 심하다는데, 전에 이 사람이 요로결석으로 열이 40도까지 오른 적이 있어요. 한데 가족에게 말도 하지 않고 혼자 운전해서 병원에 갔어요. 그 정도 아픈 거에는 티도

내지 않아요."

직장동료나 친구들 중 임도수 님이 암환자라는 사실을 아는 사람은 거의 없었다. 암 수술을 여섯 번 했고 일 년에 한 번씩은 입원하며 응급실을 내 집 드나들 듯했지만 친구들조차 발병이나 투병 사실을 알지 못했다.

"어쩌면 젊은 나이에 앓아서 더 그런지도 몰라요. 자존심도 강해서 남들한테 아픈 모습 보이는 걸 싫어해요. 입원하고 수술해도 형제들도 잘 몰라요. 이 사람이 얘기하지 않으니까요. 장루(인공항문) 같은 것을 해도 옷을 입으면 겉으로 나타나는 건 없잖아요. 휠체어를 타거나 목발을 짚는 게 아니니까요. 주변 사람들은 아무도 모르더라고요."

아내는 인터뷰를 하면서 곧잘 남편의 이마와 뺨을 쓰다듬었다. 나는 그 모습을 보며 묘하게도 성스럽다는 느낌이 들었다. 자애로운 엄마의 손길이랄까. 나는 그녀가 남편의 암 발병을 알고도 결혼을 결심했는지 궁금했다.

"아뇨. 이 사람이 결혼하기 8년 전에 암을 수술한 적이 있다는 사실을 나중에야 알았어요. 결혼하고 4개월 만에 남편이 다른 수술을 하게 되었는데 의사가 수술 동의서를 쓰라고 하면서 이상한 말을 하더라고요. 그래서 물어봤죠. 왜 속였냐고. 남편은 '그저 말을 못했을 뿐'이라고 하더군요. 어떻게 그토록 엄청난 사실을……."

하늘이 노랗게 보였고 너무 억울해서 미쳐버릴 것 같았다고 한다. 남편은 조용히 아내의 처분만 기다렸다. 처음에 아내는 주변의 시선을 의식했다. 늦은 나이에 결혼해서 4개월 만에 이혼하면 사람들이 뭐라고 할까. 또 한편으로는 남편이 안쓰러웠다.

"이 사람이 나를 속인 것은 잘못이지만 그렇다고 아픈 게 이 사람 잘못은 아니잖아요. 몸이 아프다는 이유로 헤어지지는 못하겠더라고요. 그래서 그냥 받아들이기로 했어요. 하지만 살면서 순간순간 억울하다는 생각을 많이 했어요. 내 나름대로 열심히 살았는데 왜 나한테 이런 일이 생겼나, 어떻게 나한테 그처럼 엄청난 사실을 숨기고 결혼할 수가 있나 하고요."

## 역전의 용사들

"남편은 그 후에도 계속 아팠습니까?"

"결혼하고 몇 년 후 암이 재발해서 다시 수술했어요. 암이 재발하기 전에도 계속 장폐색이 와서 장을 잘랐고요. 원래 장루 하나를 달고 있었는데 연결하는 부분이 막히면 잘라서 새로 내고 했지요. 그 사이사이에 요로결석 같은 것도 생겼고요. 아무튼 일 년에 한 번씩 입원했던 것 같아요. 장이 막히는 걸로 수시로 작은 수술을 했고요. 십 년 만에 암이 재발해서 다시 암 수술하고 재발해서 또 하고. 소변과 대변 줄을 다 빼기도 하고, 소변이 나오는 호스로 대변이 새어나와서 수술하고. 다음에는 소변이 나오지 않아서 신장에다 바로 관 꽂

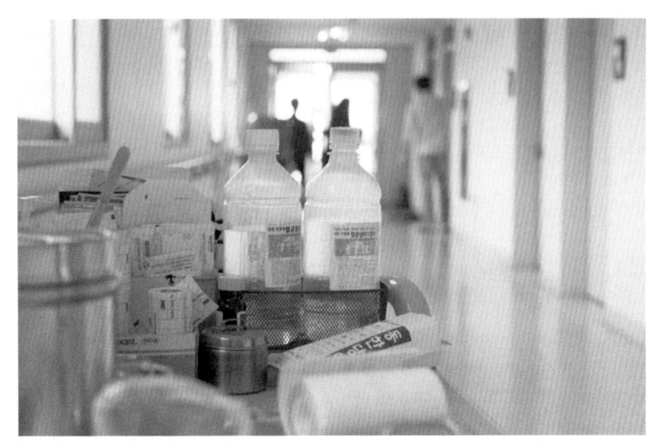

병원의 일상은 아픔 그리고 외로움과의 싸움이다

고. 한쪽에 꽂았다가 막히면 다른 한쪽에 꽂고. 병원비가 일 년에 몇 천만 원씩 나왔는데 보험이 없었어요. 이른 나이에 암에 걸려 보험에 들 수 없었던 거지요."

듣고 보니 구구절절 기구했다. 남편의 삶도, 아내의 삶도.

팔이 부러졌을 때 나는 철심을 박는 수술을 해야 했는데, 아내는 애들을 돌봐야 해서 혼자 입원했다. 철심을 박을 구멍을 여덟 개 뚫을 때 마취를 했음에도 통증이 몰려왔다. '드르륵 드르륵' 뼈를 뚫는 소리에 가상의 통증이 온 게 아닐까. 나는 수술을 받다가 벌떡 일어나 "아파요!" 하고 소리를 질렀다.

"완전히 마취했는데 아프다고요?"

젊은 의사가 당황한 듯 물었다.

"네, 아파요. 뼈가 아파요."

"……뼈가요? 뼈가 아플 리는 없는데……."

옥신각신 끝에 결국 수면마취를 했다. 호흡기로 수면가스가 들어오면서 점점 의식이 옅어지자 묘한 슬픔이 밀려왔다. 그 짧은 순간 여러 생각이 겹쳤다. 팔목 하나 수술하느라 누웠어도 이렇게 두려움과 외로움이 절절하게 밀려오는데, 말기 암환자들은 수면마취가 온몸으로 퍼져갈 때 얼마나 두려울까. 자신의 몸을 온전히 내맡기고 의료진의 손에 목숨이 오가는 전쟁 앞에서 문득 이게 마지막일 수도 있겠구나 싶어 치떨리는 외로움을 느끼지 않을까.

온몸을 헝겊조각처럼 자르고 붙이고 꿰매고 뜨거운 방사선으로 다림질하는 전쟁 같은 수술을 지나온 그들은 가히 역전의 용사들이다. 무서운 병마에 맞서 끝까지 싸워온 영웅들이다. 사내와 군대깃발은 낡을수록 멋이 있다던가. 그 많은 전쟁에서 찢기고 빼앗기는 바람에 형체조차 알아보기 힘든 깃발을 들고 고향으로 돌아가는 군인들. 그들은 넝마 같은 육신을 끌어안고 호스피스에 이른다. 그들에 대한 연민에 내 연민이 겹치면서 나는 잠들기 전 눈물을 흘렸다.

"곁에 있어주는 건 쉬운 일이죠.
하지만 제일 어려운 일이기도 합니다."

## 가혹한 인생

임도수 님은 내가 호스피스에서 만난 환자 중에서도 가장 어린 나이에 투병에 참전해 가장 오랫동안 가장 많은 전쟁을 치른 이다.

"군대 갔다 와서 스물여섯 살이 된 그 한창 나이에 암에 걸려 수술했지요. 결혼한 뒤로는 하고 싶은 것이나 불만이 있어도 말하지 못하고 참 많이 참았겠구나 하는 생각이 들더라고요. 나는 나만 참는다고 생각했는데 어느 순간 남편이 그 숱한 시간을 더 많이 참아왔음을 깨달은 거지요.

안쓰럽고 안타깝고 불쌍하고 그래요. 요즘은 이 사람만 생각하면 눈물이 나요. 그냥 가만히 생각만 해도 눈물이 나요. 이제 나이 쉰인데 반평생을 그렇게 병마랑 싸우면서 참 열심히 살았거든요. 그 몸으로 얼마 전까지만 해도 직장생활을 했어요. 정말 열심히 살았기 때문에 미워할 수가 없더라고요. 몸이 멀쩡한 사람도 그처럼 성실하게 부단히 노력하며 살기는 힘들 거예요."

임도수 님은 여섯 번의 암 수술을 비롯해 크고 작은 수술을 동반한 입원생활을 하면서도 직장생활을 이어갔다. 그는 자신의 병이 밖으로 알려지면 혹시라도 회사에서 해고되지 않을까 싶어 끝까지 병을 숨겼다. 한 회사에서 20년 넘게 함께 일한 동료들도 그가 암 투병 중이며 여섯 번이나 암 수술을 했다는 사실을 알지 못했다. 결국 막바지에 암환자라는 사실이 밝혀졌을 때 그는 권고사직을 당했다.

"한 회사에서 20년 동안 일했어요. 수술할 때마다 직장에 알리지 않고 연가 붙여서 썼지요. 다섯 번째 암 수술을 했을 때는 수술하고 5일 만에 실밥도 뽑지 않고 출근했어요. 휴가를 당겨서 5일을 쓰고 바로 출근한 거지요. 회사에서 이를 눈치 채고 일을 해도 이상이 없다는 확인서를 병원에서 받아오라고 했고, 의사는 일상생활에 지장이 없다고 써줬지요. 그렇게 출근했는데 결국 회사에서 암 수술한 사실을 알게 된 거죠.

그 후로 회사 측에서 생각해주는 척하며 병가를 두 달 쓰라고 해서 병가 내고 치료받고 있는데 자꾸 병문안을 오겠다고 하는 거예요. 그때 오히려 남편이 회사에 찾아갔더니 그 얘기를 한 거지요. 암 수술까지 했는데 부인이 돈을 벌어오라고 하느냐, 동료들하고도 서먹서먹한 사이가 아니냐, 하는 모욕적인 말을 하면서 사직을 권하더래요. 반 회유, 반 협박을 하니 모멸감에 바로 사표 내고 왔더라고요.

그때 상처를 많이 받았는지 이후 병세가 급격히 나빠지기 시작했어요. 자기는 아직 일할 수 있고 나이도 젊은데 밀려났다고 생각한 거지요. 퇴직한 후에도 본인이 공공근로 신청해서 일하고, 호스피스에 오기 전까지 낮에 누워본 적이 없는 사람이에요."

임도수 님은 정말 부지런하고 근면한 사람이었다. 암이 여기저기 전이되어 여러 차례 수술을 받다 보니 장기들의 위치도 제각각이고 서로 들러붙어 있어 의사들은 개복한 뒤 늘 곤혹스러워했다고 한다. 아침 일찍 시작한 그의 수술은 늘 늦은 밤중에 끝나곤 했다. 그렇게 수술한 다음 날 아침이면 그는 기어코 복대를 차고 걷기 운동을 시작했다. 정상인으로 살아보려 피나게 노력하는 그를 어떻게 원망할 수 있겠느냐며 아내는 눈물을 훔쳤다.

"이제 원망스럽다거나 미워하는 감정은 없어요. 그건 이 사람의 삶에 비하면 너무 사치스러운 감정 같아요. 요즘은 참 많이 생각해요. 어떻게 운명이 그토록 가혹할까 하고요."

## 인간에 대한
## 예의

속에 묻고 또 묻어 쌓여만 가던 차에 카메라는 그녀가 감정을 털어놓는 통로가 되어주었다. 그녀는 인터뷰 내내 눈물이 넘쳤고 결국 내게도 슬픔이 몰려왔다. 호스피스에서 촬영하며 만난 수많은 보호자들은 그 마지막 몇 개월을 무척 힘들어했다. 하지만 그녀는 무려 20여 년의 세월을 임도수 님 곁에서 살아왔다.

"우리가 죽고 못 살 정도로 사랑해서 결혼한 건 아니었어요. 그렇게 불타는 사랑도 유효기간이 3년이라고 하잖아요. 그저 안쓰럽고 측은하다는 생각이 오히려 우리를 오래 묶어둔 것 같아요.

만약 우리가 이 사람이 아니면 못 살아 하는 심정으로 결혼했다면 이 상황을 감당해내지 못했을 거예요. 남편의 인생을 생각해보니 어느 순간 안쓰러운 마음이 커졌지요. 그냥 그렇게 되더라고요. 그전에는 나 자신만 생각하며 울었어요. 내가 너무 불쌍했거든요. 내 나름대로 열심히 살았고 나도 남들처럼 아기자기하게 살고 싶었는데 어떻게 나한테 이런 일이 있을 수 있나 싶어 억울하고 원망스럽고 그랬어요.

그러다가 어느 순간 남편의 입장을 생각해봤어요. 스물여섯 살 한창 나이에 방광 잘라내고 소변 줄 꽂고 아기도 낳지 못하고 그랬지요. 그 나이에 무슨 잘못을 했다고 암에 걸려 수술하고 친구들한테 터놓고 얘기하지도 못하고 공중목욕탕에도 못 갔잖아요. 남편의 인생을 생각하니 그 인생이 너무 안쓰러운 거예요.

그에 비하면 나는 건강하고 내가 하고 싶은 거 하고 먹고 싶은 거 먹고 살았잖아요. 남편이 예전에 소변 줄만 했을 때는 장루를 하지 않아 어디로 여행을 가도 물도 못 마셨어요. 괄약근이 제 기능을 하지 못해 수시로 나오니까 여행을 가서 물도 잘 마시지 못했어요. 정말 닭들이 여기저기 다니면서 찍찍 변을 보듯 그렇게 나왔으니까요.

둘이 해외여행을 세 번 갔는데 여행을 가면 제일 먼저 화장실 위치부터 확인했어요. 관광은 둘째 치고 화장실이 어디에 있는지, 어떻게 화장실을 가는지부터 체크했어요. 버스나 승용차를 타도 문제니까 주로 기차를 이용하고. 화장실 문제가 해결되지 않으니 외출하는 것도 꺼려졌지요. 말하자면 남편은 평생을 그렇게 산 거예요. 늘 전전긍긍하면서 먹고 싶은 것도 못 먹고요. 아무리 먹고 싶어도 변 보는 것 때문에 먹지 못하고 살았지요."

조금만 아파도, 조금만 힘들어도 과민하게 고통스러워하는 우리에게 임도수 님 부부의 삶은 그 자체로 가르침을 전해준다. 몇 십 년간 고통을 안고 온 이와 그 고통을 곁에서 지켜본 이. 그들은 고통에 무릎 꿇지 않고 서로 마음을 보듬으며 성장해온 산증인이었다.

> 신이 나한테 준 시련이라는 생각도 했어요. 신은 우리에게 감당할 만큼의 시련을 주신다고 했는데, 내가 겸손함을 갖추도록 하려고 그랬던 게 아닐까 생각해요. 남편은 나와 성격도 다르고 여러 가지로 많이 다르거든요. 그런데 나는 다르다고 생각한 게 아니라 틀리다고 생각해서 무시하고 그랬어요. 남편과 살면서 많은 것을 배웠어요. 지금 내 삶은 내게 겸손한 마음을 가르쳐주고 있어요.

그녀는 강인했다. 마지막으로 그녀는 '인간에 대한 예의'를 말했다.

"결혼하고 십 년쯤 됐을 때 한계가 왔어요. 이런 결혼생활을 유지할 필요가 있나 싶었죠. 십 년을 되돌아보니 나는 다리 하나가 묶여 날지 못하는 새 같다는 생각이 들었어요. 그때 우연히 한의사 선생님과 이야기를 나누었는데, 그분이 이별을 고하더라도 이 추운 겨울이 아니고 봄이 되면 하라고 했어요. 지금 이별 통보를 하면 이 사람은 살아야 할 이유를 잃어버릴 거라고 했지요.

그런데 그렇게 마음먹고 난 뒤 남편의 몸이 점점 나빠졌어요. 몸이 아픈 사람을 두고 차마 떠나지 못하겠더라고요. 몸이 나빠지면 나빠

때로는 사랑보다 인간에 대한 예의가 더 크게 다가온다

질수록 더 떠날 수가 없는 거예요. 남편과 맞지 않는 부분도 있었지만 내가 결혼생활을 끝내고 무슨 부귀영화를 누리겠다고, 무슨 큰 영광이 있을 거라고, 하는 생각이 들었지요.

오히려 남편이 아픈 게 헤어지지 못하는 이유가 되었어요. 둘 사이를 묶어준 것은 사랑이 아니라 인간에 대한 예의였나 봐요. 그건 사람으로서 할 짓이 아니라는 생각이 들었으니까요.

지금도 누가 남편 얘기를 꺼내면 눈물이 줄줄 흘러요. 사람들은 '많이 사랑하나 보다'라고 생각하는데 이건 사랑의 감정과는 다른 것이에요. 서서히 싹튼 애틋함이라고나 할까. 이건 사랑의 감정보다 더 위에 있는 것 같아요."

## 밤과 꿈

며칠 후 간호사실의 화이트보드에서 임도수 님의 이름이 지워졌다. 그 자리에는 다른 이름이 적혔다. 그곳에서 '존재'는 그렇게 순환한다. 호스피스 환자들은 밤을 가장 두려워한다. 밤에 임종하는 비율이 상대적으로 높은 탓도 있지만 다른 이유가 더 크다. 모두가 잠든 사이 아무도 모르게 거둬가지 않을까, 가족과 인사도 나누지 못하고 떠나지 않을까, 자신조차 부지불식간에 떠나지 않을까 두려워 억지로 잠을 밀어낸다. 특히 겨울밤은 길고 깊지만 몇몇 환자는 밤새 복도를 서성인다. 한 간호사는 호스피스 비망록에 이런 단상을 적어놓았다.

> 지금은 밤 근무 중. 밤을 무서워하는 환자가 몇 분 있다. 밤새 앉았다 누웠다를 반복하던 할아버지는 결국 휠체어를 타고 병동을 몇 바퀴 돌았다. 두 시부터 깨어 물을 마시고 뱉어내기를 반복하는 젊은 남자 환자 역시 밤이 무서운 모양이다. 곧 날이 밝아올 텐데. 차라리 빨리 밝아왔으면 좋겠다. 그러면 이들은 잠시나마 쉴 수 있다.
> 밤이 무서운 환자들에게 태양은 선물과도 같다. 누구에게나 두려운 대

상이 있듯 우리 환자들에게는 어두운 밤이 두려움의 대상이다. 특히 자신의 몸 상태가 나빠지거나 컨디션이 떨어지고 있음을 스스로 느낄 때면 이들은 밤을 하얗게 지새우고 빛이 나올 때라야 비로소 잠시나마 눈을 붙인다.
이른 새벽 멀리서 서서히 빛이 오고 있다. 이들이 좀 더 깊은 휴식을 취할 수 있는 시간이 다가오고 있다.

대학 입학 첫해, 혼자 캠퍼스를 거닐다 신입을 모집하는 동아리 연합회의 클래식 기타 연주에 이끌려 발길을 멈췄다. 듀엣으로 연주하는 그 곡은 몽환적이면서도 울림이 깊었다. 슈베르트의 〈밤과 꿈〉이라는 곡이었다. 그 곡을 한 번 더 청해 들은 나는 "한 음은 밤을 표현하고 다른 음은 꿈을 연주하는 게 아닐까요?" 하고 물었다. 나는 그 길로 클래식 기타 동아리에 가입했다.

하지만 1986년 하수상한 시절에 기타에만 매달리는 게 사치스러워 결국 그 곡을 배우기도 전에 동아리를 나왔다. 한데 그 곡은 지금도 처음부터 끝까지 허밍을 할 수 있을 만큼 기억하고 있다. 그 시절이 내게 남겨준 안온한 꿈같은 곡이랄까.

우리는 낮 동안 보고 만지고 말하고 느끼는 물리적인 세계 속에서 살아간다. 밤이 되어 잠이 들면 꿈속에서 어떤 것을 경험할지는 알 수 없다. 분명 내가 잠자고 꿈도 내가 꾸는데 그 세계를 스스로 통제

삶은 잠을 통해서 우리를 죽음에 길들이고,
꿈을 통해서 또 다른 삶이 존재한다는 것을
우리에게 일깨운다.

_베르나르 베르베르, 《타나토노트》 중에서

할 수도 예상할 수도 없다. 혹시 낮은 현세를, 꿈은 내세를 은유하는 게 아닐까. 우리가 내일 꿀 꿈을 알지 못하듯 죽음 이후의 세상도 우리는 알지 못한다. 어느 스님이 그랬다. 배추를 밭에서 뽑으면 배추로서의 삶은 끝나지만, 그것을 절여서 양념을 하면 다시 김치로서의 생명이 시작된다고. 끝은 정말 새로운 시작일까.

늦은 밤 호스피스의 복도를 서성이는 환자를 볼 때면 저분은 지금 꿈이 무서운 거구나, 꿈의 불확실성이 두려운 거구나 하는 생각이 들었다. 우리는 낮이라는 살아 있는 세계, 밤과 꿈이라는 죽음 같은 미지의 세계를 오가는 순환을 반복한다. 어쩌면 우리의 삶은 이처럼 낮과 밤의 여행인지도 모른다. 그걸 명확히 설명할 수는 없지만 나는 막연하나마 그렇게 믿고 있다. 삶이라는 여행은 한 번에 끝이 나는 단속적인 것이 아니라 영원히 이어지는 영적 여행이다. 낮에서 밤으로 밤에서 낮으로, 현세에서 내세로 다시 내세에서 현세로 반복하는 여행. 그 여행을 하며 우리의 영혼은 점점 성숙해진다.

## 그가 떠난 곳,
## 내가 갈 그곳

영화 〈목숨〉을 촬영하면서 나는 많은 환자에게 인터뷰를 요청했다. 그러나 자신의 가장 초라하고 병약한 모습을 드러내는 용기가 필요했기에 허락을 구하기가 쉽지 않았다. 특히 어린 자녀가 있는 환자는 강한 거부 반응을 보였다. 생명이 꺼져가는 자신의 모습을 아이들이 마지막 모습으로 기억하길 원치 않기 때문이다. 내 형수는 마지막 2주 동안 아이들이 면회를 와도 돌아누웠다. 뼈만 앙상한 당신의 얼굴을 보이고 싶지 않았으리라.

그래도 내 마음을 이해했던지 많은 환자가 어렵게 마음을 열었다. 간혹 왜 이같이 어두운 이야기를 찍으려 하느냐는 질문을 받을 때도 있었다. 내 대답은 늘 비슷했다.

"사실 선생님이 훌륭한 분이어서 그걸 담으려는 것도 아니고 신기해서 찍으려는 것도 아닙니다. 먼저 가시면서 뒤따라오는 사람들에게 일종의 지도를, 그것도 보물지도를 남겨주면 어떨까 하고요. 저는 별로 재능은 없지만 선생님들의 지도를 잘 모아 제대로 전달하는 재주는 있습니다. 길을 찾는 이들에게 커다란 선물이 되리라 믿습니다."

이 말에 많은 환자가 마음을 열고 당신의 가장 초라한 모습을 그대로 보여주었다.

"보잘것없는 인생이지만 남은 이들에게 도움을 줄 수 있다면 다 찍어가세요."

나는 인터뷰하는 내내 눈물을 쏟아냈다. 내 몸에 그토록 많은 눈물이 고여 있는 줄 그때 처음 알았다. 그들의 선물은 고맙고 숭고하고 때론 아름다웠다. 내 삶은 어떤 선물을 남길 수 있을까?

삶의 단계,

—

죽음의

—

단계

삶의 마지막 단계에는 육체적인 한계로 인해

자기 자신을 내려놓아야 하는 때가 찾아온다.

죽음 앞에서 내 삶을 내 전부를 내 존재를 내려놓는 순간,

그 수용의 시간이 찾아오면 사람은 어떻게 변할까?

이것이 내게는 가장 큰 물음표였다.

## 진짜 사나이,
## 박진우

막걸리 한 사발이면 근엄한 얼굴이 활짝 풀려 금세 해맑아지는 박진우 님. 그는 병동의 규율부장이자 오락부장이었다. 일흔다섯 번째 생일에 그는 거동이 어려운 환자 몇 명 외 호스피스 식구들을 초대해 함께 막걸리 파티를 열었다. 잔에 따라준 술이 개미 오줌 정도로 보였는지 아끼고 아껴가며 마시던 박진우 님이 느닷없이 퀴즈를 냈다.

"고등학교 정도는 다 이수했을 테고 사인 75도를 구하라! 젊은 양반들이 그거 못하면 젊은 양반이 아니여. 고등학교는 다 나왔을 것 아녀."

모여 있는 환자와 호스피스 식구들이 끙끙대다가 간신히 엉뚱한 답을 내놓자 농이 섞인 통이 날아왔다.

"아이고, 학교를 제대로 나온 거야? 안 나온 거야?"

박진우 님을 중심으로 호스피스에서는 종종 작은 파티가 열렸다

한번은 호스피스 실습교육을 나온 간호사가 할 만한 일을 찾다가 박진우 님의 레이더망에 걸려들었다. 간호사는 바싹 마른 나이든 환자가 휠체어에 앉아 베란다 앞에서 해바라기를 하고 있는 모습이 마음에 걸린 모양이다. 그녀는 친절한 미소로 박진우 님에게 다가가 산책을 도와드리겠다고 청했다. 아, 그 길이 고난의 행군일 줄이야.

휠체어가 움직이기 무섭게 박진우 님은 대뜸 중학교 수학문제를 냈다. 간호사는 간단한 암산으로 문제를 즉각 풀었다. 다시 중3 수준의 수학문제가 나오자 간호사는 고개를 갸웃거리다 종이에 몇 번 적어

보고는 깔끔히 풀었다. 간만에 호적수를 만난 박진우 님의 표정은 다소 비장해졌고 문제는 고등수학으로 올라갔다. 수학 실력은 고단수였지만 눈치는 그에 미치지 못했던지 간호사는 어쩌자고 또다시 문제를 풀어버렸다. 박진우 님에게 상대방이 틀릴 때까지 문제를 내는 악동 같은 면모가 있음을 그녀가 알 턱이 없었다. 결국 휠체어가 병동을 도는 두 시간 내내 수학 전쟁이 벌어졌다.

"거참, 나한테 할아버지 소리 좀 그만해."

박진우 님은 마주 앉은 신학생 스테파노에게 호통 치듯 말을 건넸다. 박진우 님의 평상시 표정은 다소 굳은 편이라 화가 난 것인지 그냥 농을 건네는 것인지 알아차리기가 쉽지 않다. 스테파노는 이런 상황에 익숙한 듯 능청스럽게 말했다.

"그럼 형이라고 부를까요?"

그제야 박진우 님의 표정이 풀리며 "그건 너무 했고……" 하자 스테파노는 "그럼 아버지라고 부를까요? 큰아버지 어때요?" 하며 부드럽게 받아쳤다. 이후 '아버지'란 호칭으로 그가 임종하는 그날까지 둘의 부자관계가 이어졌다. 여느 환자들도 그랬지만 박진우 님은 스테파노를 아들만큼 아끼고 좋아했다.

**박진우** : 내가 젊었을 때 역도를 200근을 했어.

**스테파노** : 200근이면 120킬로?

**박진우** : 옳지, 잘 아네. 정말 120킬로를 들었어. 거짓말 같지? 딱 200근 짜리 역도를 시멘트로 만들어서 마당에 갖다놓았지. 우리 동네가 지반이 단단하질 않았어. 그래서 그걸 한 번 들었다가 탁 내리면 집이 울렁울렁했지. 이웃 사람들이 집 무너진다고 난리였지. 힘자랑도 좋지만 그만두라고 그랬어. 그러니까…….

**스테파노** : 그러니까 제가 조심해야 하는 건가요?

**박진우** : 네가 지금 이렇게 커도 왕년에 내가 권투선수였을 때는 너는 눈도 못 떠.

**스테파노** : 눈을 못 떠요? 제가요?

**박진우** : 눈을 못 뜨지. 내 주먹이 워낙 빠르니까. 자자, 얼른 노래하라고. 여러분, 여기 노래합니다. 우리 장군이 노래.

진짜 사나이 박진우 님은 본인의 입을 빌리자면 '내 멋대로, 거칠게 없는' 인생을 살아왔다. 수학교사로 재직했지만 늘 트레이닝복을 입고 다녀서 동네 사람들이 줄곧 체육교사인 줄 알았다고 한다. 교감이든 교장이든 자신이 존경하지 않으면 인사도 하지 않는 대쪽 같은 성격에 타협이란 그의 사전에 올라 있지도 않았다. '빠따'로 학생들을 어지간히 때렸다는데 예순이 다 된 제자가 호스피스 병동까지 찾아오는 걸 보면 그의 인간적인 매력 또한 모자람이 없는 듯했다.

그분을 보며 나는 당신 뜻대로 죽음을 맞이할 분이라는 생각을 했다. 그는 정말 멋진 남자였다.

## 한 번은
## 알아야 할 진실

그간 종합병원에서 겪은 일로 몸과 마음이 상처로 얼룩진 박진우 님은 호스피스도 '다 똑같은 병원'이라는 생각에 입원 후 열흘간 입을 떼지 않았다. 하지만 시간이 흐르면서 호스피스 식구들의 온기에 차츰 평상심을 되찾은 그는 자연스레 호스피스 병동의 오락부장이자 규율부장이 되었다.

그는 사나흘에 한 번씩 이런저런 핑계를 만들어 떡볶이 파티에 막걸리를 곁들였고 환자나 보호자에게 막무가내로 노래를 시켰다. 또 한시도 쉬지 않고 '진정 어린 참견'을 마다하지 않았다. 그는 회색빛 같은 호스피스의 일상에 따뜻한 황톳빛을 쏟아 부었고 호스피스 식구들은 대부분 그를 좋아했다. 그런 그에게도 힘든 고비는 찾아왔다. 진료 회의를 하던 시간, 그날은 박진우 님에 대한 몇 가지 우려로 긴장감이 흘렀다.

**간호사** : 편안하다고 말씀하시긴 하는데 표정은 여전히 힘들어 보여요. 밤에 잠을 잘 주무시지 못하고요. 심리적 불안감이 있는 것 같아요. 지난번에 어떤 말을 하다가 '내가 지금 굉장히 많이 아프고 이대로 있다가는 여기서 죽을 것 같다. 뭔가 조치를 취하지 않으면 안 될 것 같다'고 하셨어요. 그러면서도 통증에 대해서는 말씀을 하시지 않아요. 진통

제를 맞지 않으려고 그러는 건지 계속 괜찮다고 하시면서 참더라고요.

**정극규 원장** : 이분은 자기 나름대로 삶의 질을 높게 유지하던 분이라 아마 그런 기대감을 계속 갖고 있는 것 같아요. 조금 원칙적으로 접근해보죠. 현실을 정확히 인식할 수 있도록 말이죠. 조금은 기대치를 낮추게 할 필요가 있어요.

입원 전처럼 이웃과 정도 나누고 가끔 막걸리도 한 잔 하는 호스피스에서 박진우 님은 행복감이 높아졌다. 그런데 그 행복감의 저변에는 긍정적인 일상을 보내면 몸이 좋아지리라는 막연한 기대감이 있었다. 이제 가상의 행복감을 유지하는 게 옳은가, 아니면 냉혹한 현실을 직시하는 게 옳은가를 선택해야 할 기로에 선 셈이다.

그날 박진우 님은 아내와 함께 짜장면을 먹으러 나섰다가 그만 폴대와 함께 넘어지고 말았다. 폴대가 안경을 쳤고 안경이 깨지면서 뺨이 여러 군데 베였다. 응급치료를 받는 중에도 그는 "이건 성형수술을 받은 거니까 반창고를 예쁘게 붙여달라"며 농을 쳤다. 정극규 원장은 판단을 내려야 했다. 고심 끝에 그는 현실을 낭만적으로만 받아들이다가 갑자기 몸으로 마지막을 느낄 때 받을 충격이 더 나쁠 수 있다는 결론을 내렸다. 정 원장은 굳은 표정으로 박진우 님의 병실에 들어섰다.

"전체적으로 의료적인 판단은 정확합니다. 선생님은 수학 분야 전문가니까 이해하실 거라 생각해요. 인간에게 주어진 시간은 한정적입니다. 그런데 그 시간을 어떻게 병을 고칠까, 어디를 찾아가 뭘 해볼까, 이걸 해보면 좋지 않을까, 하는 생각으로 보내는 건 별로 도움이 되지 않아요. 그런 생각을 지우면 오히려 여유가 생기지요."

정극규 원장은 냉정하게 운을 띄웠고 박진우 님은 대수롭잖게 반응했지만 정확히 알아들었다. 그날로 그는 병실 문을 닫고 보름 동안 열지 않았다. 그렇게 박진우 님은 진짜 '환자'가 되었고 나는 그의 소식을 간호팀장에게 들었다.

"원래 이달 초에 대학병원에서 항암치료를 할 계획이었어요. 호스피스에서 지내는 동안 편안해지고 통증도 조절이 되니까 항암치료를 조금 연기했던 거예요. 그런데 컨디션이 조금씩 나빠지니까 '혹시 항암치료를 받지 않아서 그런 게 아닐까?' 하고 생각한 거죠. 사실 그렇다기보다는 워낙 말기 상태라 나빠진 건데 마치 항암치료를 받으면 문제가 해결될 것처럼 생각하신 거예요. 병이 나을 수 있을 거라는 미련을 아직 버리지 못한 거죠.

박진우 님은 정확히 설명해야 납득하고 수용하는 성격이라 정 원장님께 당신의 상태를 정확히 들을 필요가 있었어요. 자기 몸은 자기가 제일 잘 알잖아요. 뭔가 느낌이 이상하다는 것을 본인이 계속 느낀 거예요. 몸이 점점 더 약해지면서 불안해진 거죠. 얼마 전에는 친구들이 찾아와서 많이 울고 그랬나 봐요. 겉으로는 '내가 너네보다 더 오래 살 거다' 했다는데 사실 친구들이 가고 난 다음 밤에 잠을 더 못 자고 불안해하셨어요."

그는 이전과 달리 꽤 날카로워졌다. 오랜만에 복도로 나온 박진우 님에게 나는 "운동하시려고요?" 하고 물었다. 박진우 님은 "나 따라오지 마쇼. 내가 무슨 구경거리야?" 하고 벌컥 화를 냈다. 그러더니 다시 뒤돌아서서 "자꾸 따라오면 나 촬영 거부할 거야"라며 쐐기까지 박았다. 옆에서 그의 반응을 본 간호사가 말했다.

"찾아오는 친구들은 건강한데 당신은 점점 더 왜소해지고 힘도 빠지고, 해서 마음이 불안하신 거겠죠. 그런 것은 아무래도 환자의 심리 상태에 좋지 않은 영향을 주지만 한 번은 겪어야 할 일이에요. 이 과정을 겪지 않고 지날 수는 없는 것 같아요. 지금까지는 부정만 했는데 이제는 분노하고 있는 듯해요."

환자가 분노를 드러낼 때 주변 사람들은 환자의 말에 귀를 기울여야 한다. 설령 그 분노가 비이성적인 것일지라도 말이다. 환자는 분노를 표출함으로써 어떤 안도감을 얻는데 이것이 환자가 얼마 남지 않은 생을 편안하게 보내도록 도와준다. 아직 할 일이 있고 더 살고 싶고 혼자 떠나야 하는 길이 두렵고 막막한데 그 심정이 얼마나 복잡 미묘하겠는가. 차라리 분노의 감정이라도 표출하는 것이 환자에게는 훨씬 도움이 되는 일이다.

호스피스에 있는 환자들은 때로 자신에게 아직 할 일이 있다고 생각해 삶에 집착한다. 자신이 머릿속으로 그려낸 비현실적인 두려움도 환자가 편안한 상태로 지내지 못하는 한 가지 이유다.

당시 박진우 님은 '죽음의 5단계' 중 분노의 단계에 있었다.

박진우 님은 폴대를 끌고 아내와 함께
짜장면을 찾아 길을 나섰다.
생의 마지막 순간까지 삶의 희로애락은
살아 숨 쉰다.
그만큼 지금 숨 쉬고 있는 하루하루는
너무도 소중하다.

## 죽음의 5단계

널리 알려진 '죽음의 5단계'는 호스피스의 선구자인 엘리자베스 퀴블러 로스가 수많은 임종을 경험하며 죽음에 대한 인간의 심리적 단계를 구분한 것이다.

1단계는 부정이다.

'아니야, 그럴 리 없어. 이렇게 건강한데 죽음이라니. 분명 의사가 진단을 잘못한 거야. 모르긴 몰라도 나는 꼭 살 수 있을 거야.'

의사가 증세와 여명을 전하면 누구나 처음엔 부정한다. 자기 앞에 닥친 현실과 상황을 일단 외면하려 한다. 막연하게나마 살 수 있다는 생각, 회복이 가능하다는 믿음으로 자신을 방어한다.

2단계는 분노다.

'도대체 내가 무슨 죄를 지었다고? 왜 하필 나한테 이런 불행이 온 거지? 열심히 산 대가가 고작 이거야?'

시도 때도 없이 격한 감정이 올라오고 너무 억울한 나머지 분노에 휩싸인다. 이 단계에서는 만나는 모든 이가 원망의 대상이다. 의지하던 신도 밉고 세상도 싫고 가족과 친구는 물론 그저 건강한 사람만 봐도 화가 난다.

3단계는 타협이다.

'이번만 살게 해주신다면 정말 믿음을 가지고 착하게 살겠습니다. 내게 다시 삶의 기회가 주어진다면 어려운 이들도 헌신적으로 도우

며 새 사람이 되어 살겠습니다.'

아니면 자식이 결혼할 때까지 단 몇 년 만이라도 더 살게 해달라고 기원한다. 한마디로 기적을 바라는 시기다. 일단 주어진 상황을 받아들이되 운명과 타협을 시도한다.

4단계는 우울이다.

'결국엔 이렇게 가는구나. 꺼져가는 불씨 앞에 무엇이 더 의미가 있나.'

좌절과 상실감이 깊어지면서 말이 없어지고 사람과의 접촉도 기피한다. 슬픔, 후회, 무기력이 일상을 장악한다.

5단계는 수용이다.

마음을 비우고 모든 걸 수용하는 단계다. 죽음을 받아들인다.

처음 〈목숨〉을 기획할 때 나는 이야기를 죽음의 5단계로 풀어가려 했다. 죽음을 앞둔 사람의 마음의 단계를 차례차례 보여주고 싶어서였다. 그리고 죽음이 마치 먼 이야기인 양, 남의 이야기인 양 생각하는 관객에게 "우리는 지금 죽음의 '부정' 단계에 놓여 있습니다"라고 알려주려 했다. 더불어 미래의 죽음을 간접적으로나마 체험하게 하고 싶었다.

하지만 나는 죽음을 앞둔 이들을 촬영하면서 그런 도식적인 구도가 불가능하다는 사실을 깨달았다. 죽음을 앞둔 사람들이 순차적으로 부정, 분노, 타협, 우울, 수용의 단계를 겪는 것은 아니다. 현실을 말하자면 하루에도 몇 차례씩 여러 단계를 오르내린다. 수용한 듯하다가도 문득 우울해하고 다시 기도실에 가서 분노를 표한다. 나는 마지막까지 분노나 우울에만 머물다 간 사람도 많이 봤다. 개중에는 끝까지 기도만 하다가 간 사람도 있다.

"진실로 참회합니다. 살려주십시오."

애초에는 수용한 듯 보였지만 이건 타협이었다. 수용의 단계는 쉽게 찾아오지 않았다. 죽음을 수용한다는 건 환자에게 남아 있는 삶의 의지를 내려놓는다는 것을 의미한다. 살아 있는 사람이 삶의 의지를 내려놓는 것은 결코 쉬운 일이 아니다. 어쩌면 그것은 삶의 마지막 끈일지도 모른다.

'백척간두진일보百尺竿頭進一步'

백 척 낭떠러지 앞에서 다시 한 발을 내딛는다면 혹여 피안의 세계가 펼쳐질까?

## 당신 뜻대로
## 죽음을 맞이한 자

보름 만에 박진우 님의 방문이 열렸다. 어떤 심경의 변화가 있었을까? 그저 짐작만 할 뿐이지만 그 시간 동안 엄청난 내적 갈등을 겪었으리라.

다시 진짜 사나이로 돌아온 그는 여전한 표정으로 "내가 키만 좀 작을 뿐이지 얼굴은 영화배우 신영균보다 더 낫다"고 자신 있게 말했다. 칠순이 넘은 나이에 히말라야에도 다녀왔다고 자랑을 하던 그는 젊은 시절에는 권투를 잘해서 몇 명 정도는 가볍게 때려눕혔다고 너스레를 떨었다.

문득 그는 무슨 생각인지 수척해진 모습으로 오랜만에 병실 문을 나섰다. 복도에서 그를 보고 사람들이 반가워하자 그는 사람들에게 웃으며 경례를 붙였다. 뭔가 꿍꿍이가 있는 듯 보였다. 목표는 다시 짜장면이었다. 홀로 자신의 마음과 치열하게 공방전을 벌인 그는 짜장면이 고팠던지 눈이 내려서 길이 험하다고 말리는데도 굳이 짜장면을 찾아 나섰다.

기어코 눈발을 헤치고 여기저기 헤맨 끝에 찾아간 중국집에서 그는 소박한 미소를 지으며 아주 맛나게 짜장면을 즐겼다.

"짜장면 맛이 기가 막히네."

일흔다섯의 박진우 님은 인생이 한결같이 피 끓는 청춘이었고 어디서든 인생을 즐길 줄 알았다.

정극규 원장은 박진우 님을 이런 사람으로 봤다.

"이분은 자기 의지가 확고하기 때문에 마지막까지 자기 자율성을 스스로 지키며 지내고 있어요. 이런 분들의 삶이야말로 진정 삶의 질이 높은 게 아닐까 하는 생각을 해요. 물론 이제 신체적으로는 힘들지만 어떤 면에서는 끝까지 자신이 원하는 방향으로 가고 있으니까요."

내 생각도 그랬다. 그를 한 줄로 묘사하라면 나는 이렇게 하고 싶다.

'당신 뜻대로 죽음을 맞이한 자'

하루는 박진우 님의 옛 동료가 그를 위해 시 한 편을 지어 찾아왔다. 환갑과 칠순 때도 시를 써주었다는 그 친구는 그의 마지막 길에 시 한 편을 선물했다.

내 머리 위엔
언제나
아름다운 꽃밭이 있다.

태양과 달과 하늘과 별들의 꽃
바람이 시샘하는
눈과 비와 구름의 꽃

내 가슴속엔
항상
바위 심장으로 통하는
영원불변의 혈맥
꿈이 솟구치고
평화의 잎이 피고
사랑의 열매가 열린다.

나에겐

영겁의 세월이 흘러도

대화할 벗들이 많다.

나는

언제나

즐거움의 나침반

기쁨의 등대이렷다.

아내가 시를 읊어주자 박진우 님은 엄지손가락을 번쩍 들었다. 호스피스 병동 식구들을 단박에 팬으로 만든 그에게는 정말로 '영겁의 세월이 흘러도 대화할 벗들이 많다.'

문득 그의 동생에게 들은 일화가 떠올랐다.

언젠가 그는 자신이 인정하는 무명 액션배우의 죽음을 애도하기 위해 일면식도 없는 그의 장지를 찾았다고 한다. 다른 사람들이 알아주지 않아도 자신이 인정하는 '명배우'를 홀로 조용히 조문한 그는 역시 따뜻하고 의리 있는 사나이였다.

인정할 건 확실히 인정하고 옳지 않다고 생각하면 굽힐 줄 모르는 남편이 답답할 때도 있었을 텐데 그의 아내는 "웬만하면 이 양반 말을 따라요" 했다. 말 속에서 남편에 대한 무한한 신뢰가 전해졌다.

"교사로 일하면서 학교 관리인도 사람이 옳고 바르면 굉장히 존중

생전의 그가 그랬듯 박진우 님이 떠나는 날, 경례를 붙이며 마지막 인사를 보냈다

했어요. 반면 교장이라고 해도 자기 눈에 저건 인간적으로 아니다 싶으면 딱 무시했지요. 찾아가서 관계를 유지하려 애쓰는 일이 절대 없었어요."

세상에 무서울 것도 고개를 숙일 이유도 없던 그는 죽음 앞에서도 두려움을 떨쳐내고 당당하고자 했다. 그 자세 그대로 그는 기력이 쇠해 팔을 들 힘이 없을 때까지 사람들에게 경례로 인사를 했다. 그리고 자기 방에 콕 틀어박혀 보름간 분노와 우울의 시간을 끝마친 그는 자신의 삶이 그러했듯 타협 과정 없이 곧바로 수용의 길로 들어셨다. 죽음을 수용한 이의 표정은 맑고 정갈하다. 김수환 추기경의 말씀처럼 주변에서 눈물 바람을 흩날릴 때 자신은 되레 은은한 미소로 그들을 위로한다. 애틋하면서도 아름다운 미소.

박진우 님이 촬영팀에게 남긴 마지막 유언은 그분의 평소 성격마냥 튀었다. 그는 그윽하게 카메라를 바라보며 나직이 말했다.

"지금 이후 절대 담배 피우지 마. 내가 죽어가면서 얘기하는 거야. 알겠어?"

임종을 닷새 앞둔 날의 당부였다.

## 아름다운 수용

부정, 분노, 타협, 우울, 수용은 우리가 삶을 대하는 태도와도 많이 닮았다. 어떤 큰 문제에 봉착했을 때 우리는 대개 이 5단계를 거치며 성장한다. 하지만 죽음 앞에서 수용은 쉽게 찾아오지 않는다. 이론상으론 순차적으로 단계를 밟아 마지막에 수용 단계를 맞이한다지만 나는 수용 단계를 많이 접하지 못했다. 호스피스에서도 영화나 책에서 보듯 완전히 내려놓고 떠나는 사람은 극히 드물었다.

젊으면 젊은 대로, 늙으면 늙은 대로 사람들은 죽음을 부정했다. 젊은 환자는 젊은 까닭에 등짝에 짊어진 책임이 무거웠고 그 짐을 쉽게 내려놓지 못했다. 자기 없이 살아가야 할 가족, 미처 수습하지 못한 일, 사회적인 위치 등은 결코 내려놓기가 쉬운 짐이 아니었다. 다른 한편으로는 젊으니까 떨치고 일어날 수 있다거나 운과 노력만 따르면 기적이 일어날지도 모른다고 막연히 기대했다. 이들은 젊음을 무기로 죽음을 먼 이야기로만 여겨온 터라 삶에 대한 애착이 더욱더 강했다.

나이가 들었다고 죽음을 수용하기가 쉬운 것은 아니다. "개똥밭에 굴러도 이승이 낫다"는 유교적 인생관이 투철한 노년 세대는 당신들이 6.25와 가난을 이겨온 불굴의 의지만큼 삶에 대한 애착도 컸다. 간혹 환자가 수용하는 자세를 보여도 이미 장성한 자녀들이 자신의 판단에 기대 환자를 쉽게 보내주지 않았다.

김정자(57세) 님은 담도암 말기 환자였다. 그녀는 내가 호스피스 병동에서 만난 환자 중 가장 아름다운 모습으로 수용 단계에 머물렀다.

"난 세상에 태어나 하나씩 하나씩 내가 원하는 대로 다 잘됐고 또 큰 욕심도 없었어요. 지금도 다른 욕심은 없고 떠날 때 더 이상의 고통 없이 이대로 눈감고 갔으면 하는 바람뿐이에요. 정말 감사해요. 하느님 품으로 가는데 뭐가 두렵겠어요. 무섭지 않아요. 이렇게 태양이 딱 떠오르잖아요. 이젠 그 태양이 싫어요. 그만 갔으면 좋겠어요, 하늘나라로."

말기의 순간까지 마음이 무척 고왔던 그분은 감사하다는 말을 아끼지 않았다. 그녀의 마지막 시간을 방해한 촬영팀에게도 그녀는 끝

감사하다는 말에 인색하지 않은 삶의 마무리는 얼마나 아름다운가

없이 감사를 표했다.

"감사합니다. 이렇게 나랑 인터뷰를 해주고 내가 이처럼 좋은 말을 할 수 있게 해줘서."

"감사합니다. 죽음은 누구에게나 찾아오는 일이잖아요. 그걸 받아들이면 아무런 고통도 없어요, 적어도 나는."

"감사합니다. 이렇게 얘기를 나누니 내가 마음이 편안해져요."

죽음을 앞둔 이가 자신이 떠난 후에도 세상에 남아 있을 이들에게 감사할 일이 뭐 그리 많을까. 하지만 그녀는 힘이 닿는 한 웃었고, 할 수 있는 한 고마워했다. 정말 고운 분이었다. 그렇다고 그녀가 걸어온 인생길이 그녀의 마음처럼 곱기만 한 건 아니었다.

신께서 계획하신 길에서 벗어나는 것이 가능할까요?

네, 가능합니다. 하지만 언제나 그건 실수입니다.

고통을 피하는 것이 가능할까요?

가능합니다. 하지만 아무것도 배우지 못할 겁니다.

무언가를 정말로 경험하지 않고도 안다는 것이 가능할까요?

네, 가능합니다. 하지만 그 일들이 진정으로

당신의 일부가 되지는 못할 겁니다.

_파울로 코엘료, 《알레프》

## 길고 짧은 행복

어렵게 장만한 집이긴 했지만 그녀는 건축업을 하는 남편 그리고 두 아들과 평온하게 살아가고 있었다. 그러던 어느 날 남편의 사업이 부도가 나면서 네 식구의 보금자리였던 아파트가 고스란히 남의 손에 넘어갔다. 그녀는 지치고 상처받은 남편을 대신해 생활전선에 뛰어들었고 면봉을 넣는 부업부터 야채, 쌀을 파는 일까지 쉬지 않고 일했다.

그렇게 꼬박 10년을 일한 뒤에야 그네들은 새집을 장만했다. 그녀는 그때를 '두 번째 황금기'라고 표현했지만 그녀는 그 황금기를 한 달밖에 누리지 못했다.

"가장 행복했던 순간은 우리 아이가 대학을 졸업한 뒤 결혼했을 때고, 그다음으로 행복했던 순간은 남양주로 집을 옮겼을 때예요. 큰 집을 마련해서 온 가족이 모여 맛있는 거 해먹으며 얘기를 나누던 시간이죠. 지난날 우리가 어려움을 겪었다는 것이 전혀 기억나지 않을 정도로 행복했어요. 지금으로서는 내가 당장 하느님 곁으로 간다고 해도 아쉬움이 없지요. 내가 여기서 더 이상 고통받지 않고 갈 수만 있다면 정말 감사한 일이죠."

그녀는 큰아들의 결혼을 앞두고 '거실이 있는 집'을 꿈꿨다. 15평의 작은 집에서 네 식구가 부침개도 부쳐 먹고 소소한 행복을 누렸지만, 그래도 손주가 뛰어놀 수 있는 거실이 있었으면 했다.

"정말 열심히 살았어요. 사람에겐 목표가 있어야 해요. 단계, 단계마다 목표가 있어야 하지요. 나는 사실 쉰 살이 되고 예순 살이 되면 내 갈 길을 걸어가야겠다 하고 마음먹었어요. 그때는 내 할 일을 다 했을 테니 더 이상 아등바등하며 살고 싶지 않았지요. 여기까지 오니 한편으로 가족에게 미안하기도 한데, 다른 한편으론 그렇게 미안하지 않아요. 내 할 일은 다 했거든요. 나는, 정말 다 했어요."

그녀는 목표대로 남양주에 거실이 있는 20평짜리 아파트를 마련해 거실에 큰 TV와 에어컨을 놓았다. 그녀가 그토록 이루고 싶어 하던 행복한 일상이었다. 그런데 그것은 참으로 짧고도 깊은 행복이었다. 김정자 님의 둘째아들은 그 짧은 행복을 이렇게 술회했다.

"형이랑 형수랑 조카랑 어머니가 말하던 대로 거실에서 뛰어놀고 그랬지요. 너무 뛰어노니까 위아래 집에서 시끄럽다고 항의도 오고. 그런 게 정말 다 좋았어요. 그땐 모든 게 좋았고 행복했지요. 어머니랑 아버지는 새로 교회에 나가시고 친구들도 사귀시고, 그렇게 오순도순 살면서 늙어갈 줄 알았는데……. 그렇게 한 달쯤 지났을까?"

아들은 잠시 숨을 고르고 말을 이었다.

실은 이사하기 전인 재작년에 어머니의 담도암을 발견해 대학병원을 찾았는데 받아주지 않았어요. 입원해서 치료하기를 바랐지만 입원은 받아주지 않았고, 지금 상황에서는 통원으로 항암치료를 하는 게 나을 거라고 했어요. 우리가 어떻게 할 수가 없더라고요. 힘도 없고 돈이 많은 것도 아니다 보니 그냥저냥 시간이 흘러갔어요.

항암치료를 받으며 어머니는 몹시 힘들게 버텼어요. 아버지와 형은 일을 했고 저는 군대에 있었기 때문에 어머니 혼자 버스 타고, 택시 타고 다니며 방사선 치료를 받았지요. 그러다가 수치가 떨어진다는, 조금은 희망적인 얘기도 들었어요. 그때부터 어머니가 희망을 품었던 것 같아요. 암이랑 함께 사는 사람도 있다는 말을 들었나 봐요. 어머니는 '그래, 내가 이 암을 안고 가겠다, 고칠 수 없다면 지금 딱 이 상태만 유지해달라' 하고 기도하신 모양이에요.

그 후 어머니는 서둘러 일을 해결하기 시작했죠. 어머니의 꿈대로 손주가 뛰어놀 거실이 있는 아파트로 옮기고, 가족 모두 제주도 여행을 다녀왔지요. 그때 정말 행복했어요. 같이 맛있는 거 먹고 같이 웃고.

그렇게 한 달을 보낸 어느 날 어머니가 일어나지 못했어요. 왜, 왜 그러지? 모두들 깜짝 놀랐죠. 놀라서 병원에 갔더니 많이 진행된 것 같다고 하더라고요. 암이 척추 쪽으로 전이돼 팔, 다리를 움직일 수 없게 된 거예요.

몸을 움직일 수 없게 되었을 때 김정자 님은 큰 충격을 받았다고 한다. 그녀 역시 느닷없이 겪은 그 황당한 일을 생생하게 회상했다.

"도무지 원인을 알 수가 없었어요. 화장실에 가야 하는데 몸을 움직일 수가 없는 거예요. 그것도 갑자기 한순간에. 그때 남편에게 '아무래도 집에 있으면 안 될 것 같다, 가보자' 해서 그날 저녁 집을 떠나 흘러 흘러 여기에 온 거죠."

어느 날 그녀는 날벼락처럼 굳어버린 몸을 추슬러 대학병원을 찾았지만, 병원에서는 수술을 하지 않는 이상 입원은 안 된다고 못을 박았다. 며칠을 응급실에서 버티다 겨우 병실이 나서 입실했지만 그 병원의 규정상 사흘 만에 퇴원해야 했다. '척추 수술은 최소한의 거동을 위한 것인데, 몸 상태가 좋지 않아 최악의 경우 깨어나지 못할 수도 있다. 수술을 할지 이 상태를 받아들이고 휠체어를 탈지 선택하라'는 말 앞에서 가족은 후자를 택했다. 그러나 그들에게는 더 고된 시간이 기다리고 있었다.

## 일상이 감사함인
## 그곳으로…

잔정이 많은 둘째아들은 지옥 같았던 시간들을 털어놓았다.

> 통증이 너무 심해서 밤마다 소리를 질렀는데 규정상 어쩔 수 없으니 병원에서 나가라고 하더군요. 진짜 막막했어요. 어떻게든 방법을 찾기 위해 애쓰던 중에 병원에서 요양병원을 소개해줬어요. 방법이 없어서 요양병원으로 갔지만 거긴 진짜 전쟁터였어요. 그냥 지옥, 하얀 지옥 같았어요. 이렇게 말해서 죄송하지만 어머니만 빼고 다들 백발 할머니, 할아

버지였어요.

사람을 알아보지도 못하는 분들이 한 방에 열두 명 넘게 누워 있었어요. 이쪽에서는 노래 부르고 저쪽에서는 소리 지르고, 이곳저곳으로 간병인들이 왔다 갔다 하고. 밤에는 거짓말 조금도 보태지 않고 한 분씩 돌아가시고.

거기서 어머니가 딱 6일 동안 있었는데, 어머니가 원래 화를 내는 성격이 아니거든요. 그런데 거기서 처음으로 화를 냈어요. 지금 생각해보면 그렇게 화를 낼 정도로 아프고 힘들었던 것 같아요. 저는 어머니가 아파도 울지 않으려고 꾹꾹 잘 참았어요. 한데 요양병원에서 딱 한 번 울었지요. 대학병원에서 요양병원으로 옮길 때 제가 교육 중이라 낮에는 못 가고 저녁 여덟 시쯤에 갔어요. 불이 다 꺼져 있더라고요.

딱 들어가 보니 이쪽에 여섯 분, 저쪽에 여섯 분이 누워서 신음하고 있었지요. 온통 백발의 노인들이었는데 그 속에 젊고 예쁜 한 분, 제 어머니가 있었어요. 왜 어머니는 이렇게 젊을 때 아프지? 서른 살이나 차이 나는 분들이 누워 계신 곳에 왜 어머니가 있어야 하지? 그때, 그때 처음으로 펑펑 울었어요. 지금도 누굴 원망해야 하는지 모르겠지만 그냥 원망스러워요. 어머니는 아직 젊은데.

어머니를 요양병원에 둘 수 없었던 두 아들은 우연히 TV에서 접한 모현 호스피스를 찾았다. 환자도 보호자도 모두 지친 상황에서 호스피스는 그들에게 작은 낙원이었다. 김정자 님 가족은 오랜만에 참된

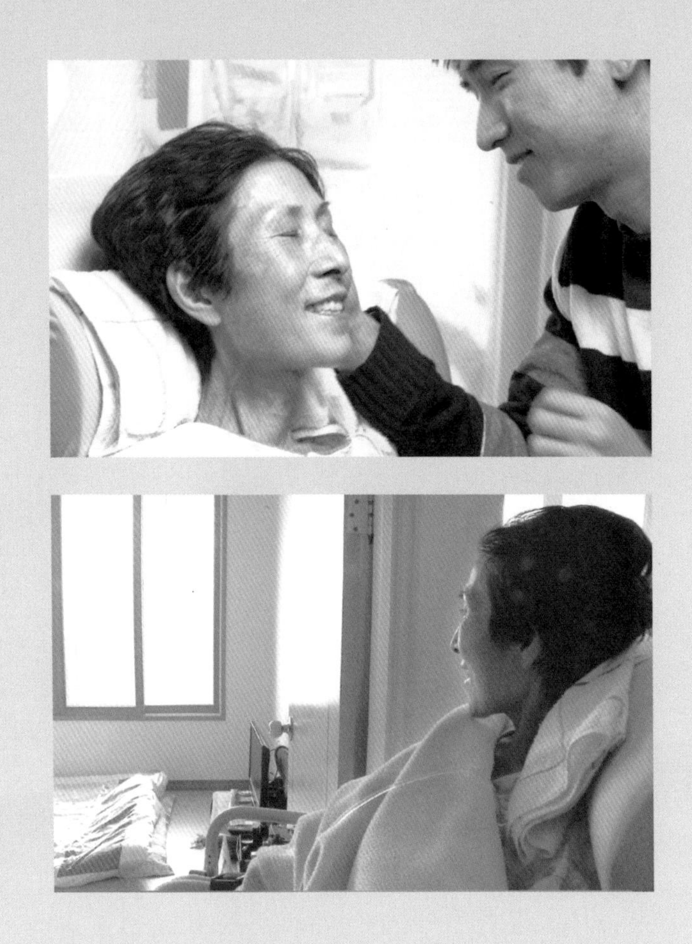

늘 꿈꿔오던 집. 하지만 두 달을 채 머물지 못한 집. 호스피스 식구들은 그녀를 위한 집들이를 준비했다. 한 사람 한 사람과 사랑한다는 인사를 나눈 그녀는 마지막으로 집 구석구석을 찬찬히 바라본 후 집을 나섰다.

평화를 느꼈다고 한다.

"이곳에 들어오면 먼저 평화로워요. 분명 환자들이 누워 있는데 평화롭고 또 웃고 있어요. 모두 생의 마지막 시간을 맞이하는 분들임에도 불구하고 다 웃고 있어요. 수녀님도 그렇고 간병인, 간호사님, 의사선생님까지 다 웃고 있어요. 웃고 농담하고. 물론 웃길 때도 있고 그렇지 않을 때도 있는데 그때도 다 웃으면서 얘기하니까 그게 정말 보기가 좋았어요."

나는 호스피스가 그런 곳이란 걸 몇 달이 지나서야 알았다. 그곳에서는 싱거운 농담에도 웃고, 낯선 이가 생일파티를 해도 그 자리에 서슴없이 함께한다. 그냥 함께 존재하는 곳이랄까. 그곳은 일반적인 사회와는 그 존재 방식이 사뭇 다르다. 나는 처음에 '그냥 함께함'이 어색하고 낯설었다.

릭 워렌 목사가 저술한 《목적이 이끄는 삶》이라는 책의 제목처럼 우리의 일반적인 삶에는 대개 목적성이 있다. 누군가를 만날 때조차 우리는 어떤 목적을 앞세운다. 가령 여러 약속이 있으면 이익과 손실을 계산해 우선순위를 둔다. 좀 더 바쁠수록 이 같은 셈법은 자신도 속을 만큼 보다 타성화하고 정교해진다.

호스피스에서는 이런 목적성과 구분이 무의미하다. 환자가 자신을 멋지게 보이려 할 이유도 없고 '무엇을 위해' 살 필요성도 없다. 그들은 그저 존재할 뿐이고, 보호자와 병원 직원들은 '존재함' 그 자체를 인정할 뿐이다. 우리가 삶에서 존재 그 자체만으로 인정받은 때가 과연 얼마나 있었던가? 되돌아보면 우리가 아기였을 때 외에는 거의 드물다. 우리는 항상 어떤 역할을 부여받고 그 역할에 걸맞은 행위를 요구받는다.

호스피스에서는 아무 일도 벌어지지 않는 시간이 조용히 흘러가고, 심지어 믹스 커피 한 잔을 앞에 두고 몇 시간을 그냥 보내기도 한다. 처음에 나는 그런 시간들이 너무도 비생산적으로 느껴져 아무 일도 벌어지지 않으면 퇴근을 앞당기곤 했다. 그러나 시간이 지나면서 존재 방식의 차이를 깨달았고 나는 '촬영하기'만큼이나 '존재하기'에 시간을 할애하기 시작했다. 그때부터 내게 존재의 의미가 새롭게 다가왔다.

## 존재하기

18년 전 나는 '부등교생(不登校生, 등교를 거부하는 학생)'을 취재하기 위해 일본을 방문했다. 최근 한국에서 심각하게 대두되는 학교부적응 학생의 문제가 일본에서는 20년 전부터 발생했기 때문이다. 일본은 현재의 우리와 마찬가지로 부등교생에 대해 대안학교, 가정교육, 원거리교육 등의 방법으로 접근했다.

그중 가장 급진적이라 할 만한 곳은 '롯지 스쿨Lodge School'이라는 이름의 공동체다. 일본의 깊은 산에 자리한, 말 그대로 통나무 학교인 이곳에는 두 명의 '안내자' 외에는 어른이 없다. 이곳에서는 열 살부터 열아홉 살까지 다양한 연령대의 청소년들이 80평 남짓한 펜션 같은 공간에서 자립하는 방식으로 교육이 이뤄진다. 다시 말해 스스로 농사짓고 밥을 지어 먹고 청소하고 노는 곳이다.

이곳의 특징은 특별한 커리큘럼이 없다는 점이다. 그저 아침에 일어나 다 함께 식단부터 공부와 놀이까지 스스로 정한 뒤 각자의 역할을 할 따름이다. 안내자는 약간의 지식을 전하며 문자 그대로 '안내'만 할 뿐 구성원들과 일정한 거리를 둔다.

아이들은 느슨한 회의를 거쳐 요리와 설거지, 청소 당번을 정했고 거의 두 시간 동안 아침식사와 청소를 아주 느리게 진행했다. 그 뒤 아이들은 자기 맘대로 시간을 보냈다. 컴퓨터 게임을 하는 아이, 풍선으로 장난을 치는 아이, 낮잠을 자는 아이 그리고 커피드립 실험을 하는 아이 등 제각각이었다.

커피드립 실험은 커피를 잘게 갈고 덜 뜨거운 물로 내릴 때와 굵게 갈아 뜨거운 물로 내릴 때, 맛에 어떤 차이가 있는지 테스트하는 것이었다. 네 명의 아이가 무려 세 시간 동안 그 실험을 하며 씨름했다. 어찌 그리 비생산적일까? 더구나 커피 한 잔을 들이붓듯 마시는 서른 살의 내 입장에서는 그 맛이 그 맛이었다.

어쨌거나 그들은 사회가 정한 일정한 방향을 향해 내몰리지 않고 현재를 음미했다. 그들은 단지 존재할 뿐이었다. 그때 열여덟 살짜리 남학생에게 들은 말이 아직도 기억난다.

"여기서 특별히 하는 건 없어요. 그렇다고 노는 것만도 아니에요. 밥하고 청소하고 숲 속을 걷고 그러죠. 다들 어디로 가는지도 모르고 가잖아요. 제가 여기에 영원히 있지는 않겠죠. 그냥 여기서 어디로 가야 하는지 알 때까지, 가고 싶은 마음이 생길 때까지 좀 기다리는 거예요. 그냥 기다리는 거죠."

우리는 '존재하기'에 앞서 '행하기'를 배운다. 그것도 무엇을, 왜 행해야 하는지도 모르는 채 무언가에 떠밀려 앞으로 나아간다. 호스피스는 평생 행하기를 해온 이들이 존재하기를 학습 혹은 향유하는 곳이다. 그래서 사람들은 평온과 평화를 느낀다. 우리는 무언가를 해야만 의미 있는 존재가 아니라 그저 존재하는 것만으로도 존중받을 필요가 있다.

'존재하기'는 깊은 존재감을 드러내는 중요한 휴식이다. 특히 내 아버지 세대처럼 행해야만 존재할 수 있었던 분들에게 이곳은 난생처음 존재하기를 배우는 공간이다.

일상의 굴곡이 잦아들고 평범함이 하루를 채울 때, 그 하루하루가 유한하다는 것을 알 때, 작은 것도 아름답고 소중하고 감사하게 다가온다. 밖에서는 100도가 되어야 끓는 웃음이 호스피스에서는 50도로도 충분히 끓어올랐다. 존재하는 이들로 가득한 호스피스에서는 늘 일상의 평온이 감사함으로 바뀐다.

김정자 님은 호스피스에서 누구보다 빠르게 행복과 감사함에 동화

"엄마는 여기에서 행복하게 웃으며 갈게."

되었다. 호스피스에 들어온 뒤 그녀는 사흘 만에 환하게 웃었다. 그리고 두 아들에게 "엄마는 여기에서 행복하게 웃으며 갈게"라고 말했다. 지난한 세월을 함께 겪은 아들은 어머니의 심정을 이렇게 대변했다.

호스피스에 오기 전 어머니는 벼랑 끝에 선 것처럼 보였어요. 하느님께 나 좀 데려가달라고, 내가 잘못한 게 그렇게 많았느냐고, 잘못이 많아서 내게 이토록 고통을 주시는 거냐고, 많이 하소연했어요. 아니, 원망으로 가득했지요.

호스피스에 오고 나서도 '지금 이 상태로 갔으면 좋겠다'는 말을 많이 했는데, 그건 전과 의미가 달라 보였어요. 지금 이렇게 행복한 순간에 가고 싶다는 것 같았죠. 가족이 다 지켜주고 옆에 사람들이 많을 때 웃으며 가고 싶다는 느낌을 받았어요.

김정자 님은 당신의 바람대로 그렇게 다른 세상으로 여행을 떠났다. 병동 간호사들은 그녀가 자신들에게도 '특별한 경우'라고 말했다. 그들은 김정자 님처럼 임종하는 경우가 많았으면 좋겠다고 한목소리로 얘기했다. 통증과 신체적 변화로 고통스러운 와중에도 심리적 안정을 찾아 위안을 얻고 만족과 행복을 느끼며 가는 환자를 보면 간호사들은 힘이 난다고 했다. 김정자 님의 마지막 순간을 함께한 간호사가 말했다.

"임종 말기에는 대부분 흔히 말하는 혼수상태에 빠지지요. 그런데 김정자 님은 혈압과 맥박 같은 신체적 상태가 거의 임종에 가까웠음에도 불구하고 계속 의식이 있었어요. 그만큼 의지가 강했던 거지요. 이건 의학적으로 설명할 수 없는 상태죠. 이미 신체적 상태는 임종한 거나 마찬가지인데 의식은 살아 있었으니까요. 가족과 함께 시간을 더 보내기 위해서일 수도 있고요. 그런 분이 가끔 있는데 가까운 분들과 함께 더 있고 싶어서 오랫동안 눈을 마주치거나 대화하고 가세요."

그녀는 고왔던 모습 그대로 여행을 떠났다.

## 깨달음을 위한
## 마지막 기회

몇 년 전 호스피스 봉사를 갔을 때 한 수녀가 말했다.

"진정으로 죽음을 수용하는 환자는 일 년에 다섯 손가락 안에 꼽힐 정도입니다."

어떻게 설명할 길은 없지만 한번은 천사가 직접 강림해 환자와 손잡고 승천하는 것을 그녀가 직접 목도했다고 한다. 그 상황을 다른 수녀들도 똑같이 경험했기에 환상으로 치부하기도 어려웠다. 이런 현상을 한두 번 겪은 수녀들은 완전한 수용에 들어선 환자가 임종 단계에 이르면 혹시라도 똑같은 기적을 보게 될까 싶어 기대를 품는다고 한다.

"임종이 다가오면 환자들에게 특유의 냄새가 나요. 호스피스 환자들의 소화가 덜된 용변은 평소에도 보통사람이 감내하기가 힘들지만, 병에 따라 장기가 부패하면서 냄새가 더 심할 때도 있죠. 얼굴이 참 맑았던 할머니가 기억나요. 늘 고마워했던 분이지요. 그런데 그 할머니에게는 마치 향을 피운 듯 그윽한 냄새가 났어요. 그게 복도까지 퍼져 나갔는데 악취가 아닌 향내였어요. 임종할 때도 미소를 지으며 편히 가셨지요. 임종하고 미사를 드릴 때 천사 두 분이 양쪽에서 팔을 안고 승천하는 걸 봤어요. 함께 있던 이들이 모두 놀라워했죠. 그렇게 준비된 분이 이곳에서 마침표를 찍을 때, 그것이 영적 성장의

삶의 마지막 시간에 이르렀을 때
우리에겐 수용 단계, 즉 자기 자신을 구원할 기회가 오지만
사람이 살아온 태도와 습관과 성격은 마지막까지도
참 변하기가 힘들다.

신은 우리에게 끊임없이 말을 건다.
너를 해방시키라고, 너를 구원하라고.
하지만 준비된 자만 그 구원의 선물을 받을 수 있다.

수용은 누구에게나 찾아오지 않는다.
오로지 준비된 사람에게만 찾아온다.
우리는 준비할 필요가 있다.
마지막 순간 신이 주시는 기회, 그 마지막 구원을 위해.

마침표처럼 보이기도 해요. 구원받은 존재를 목격하면 믿음도 강해지고, 한편으론 내가 저런 마침표를 찍을 수 있을까 질문하게 되지요."

수녀의 이야기를 들으며 나는 구원과 깨달음의 기회를 얻을 마지막 순간이 호스피스에서의 시간이 아닐까 하는 생각을 했다. 생의 종착역에서 얻은 마지막 구원의 기회.

내가 죽음과 호스피스에 구체적으로 관심을 갖게 된 것은 인생에서 마지막 깨달음과 구원의 기회가 이때 부여될지도 모른다는 의문에서였다. 불교에서는 '아상我相'을 극복하고 나아가 자신을 완전히 내려놓는 것이 깨달음의 과정이라면 기독교에서는 하느님에 대한 완전한 순종, 즉 자기부정이 구원의 과정이다. 자기 자신을 부정하거나 내려놓지 않는 이상, 진정한 구원이나 영적 성장은 없다는 게 모든 종교의 가르침이다.

죽음의 5단계에서 수용은 이 같은 구원의 또 다른 형태가 아닐까? 죽음을 수용한다는 것은 살아 있는 존재로서 자신을 부정하고 나아가 자신의 모든 걸 내려놓음을 의미하는 것이 아닐까?

건강할 때는 몸에 현혹돼 자신을 내려놓기가 거의 불가능에 가깝지만, 몸의 한계가 드러나면 어쩔 수 없이 내려놔야 하는 단계에 이른다. 어쩌면 우리가 그것을 받아들이기만 하면 큰 폭의 영적 성장을 이룰지도 모른다. 백 척 낭떠러지 앞에서 한 발 더 내디딘 그 피안이 단지 육체적 소멸을 의미하기보다 영적 비약을 뜻하는 것은 아닐까?

이러한 구원과 깨달음을 위해서는 그 같은 조건을 스스로에게 부여해야 한다. 그런 조건은 종합병원 중환자실 같은 실험실에서는 성립되지 않는다. 혹시 우리는 생이 마지막으로 준비한 구원과 영적 성장의 단계를 저버리고 있는 게 아닐까.

나는 비록 천사를 알현하는 기적을 경험하지는 못했지만 김정자 님을 통해 수용 단계를 경험할 수는 있었다.

"나는 지금 정말 행복해요.
이렇게 많은 분이 나를 사랑하고 보살펴주시니
얼마나 감사한지, 이 보잘것없는 나를.

주변이 아주 환해요. 몸은 굉장히 가볍고요.
하느님이 하얀 옷을 입고 바라보고 계셔요.
나를 바라보고 계셔요. 웃으시네요.
하느님이 나를, 내 팔을 끌어안아주시네요.
가볍고 편안해요.
하늘을 느껴요."

그녀는 자신이 경험한 밝은 빛과 신의 모습을 들려주었다. 그녀가 했던 기도가 귓가에 맴돈다.

"하느님이 저를, 이렇게 제 팔을 끌어안고 하늘로 살살 날아갔으면. 이 환한 상태에서 그렇게 올라갔으면. 아버지, 이제는 제 남은 인생 아버지 품으로 데려가주세요. 모든 것은 아버지한테 달려 있어요. 제겐 아무것도 주관이 없습니다. 이젠 아버지 것입니다. 하느님 아버지 것입니다. 하느님 아버지 사랑합니다."

떠나는 자,

—

남는 자

—

그들은 죽음이 무서운 게 아니라

이별이 두려워 눈물짓는다.

이별은 학습되지도 않고

준비되지도 않는다. 그 누구도…….

## 아빠의 당부

"예찬아, 이리 와서 앉아봐. 누나랑 아빠랑 했는데 선생님이 예찬이도 있었으면 좋겠다고 하셔서. 자, 이게 이번에 아빠가 만든 작품이거든? 아빠가 누나한테는 설명했어. 예찬이도 한번 쫙 보고 아빠 마음을 유추해봐. 얼마나 잘 읽나 보자."

박수명 님은 미술치료 시간에 그림 잘라 붙이기로 만든 작품을 예찬이에게 내밀며 대화를 시작했다. 대한민국에서 가장 제멋대로이고 거침이 없다는 중2 예찬이는 사춘기의 정점을 찍고 있었다. 표현이 서툰 아빠와 아직 무엇을 표현해야 할지 모르는 아들. 이 시간은 떠나는 아빠가 남아서 제 생을 비빌 언덕 없이 살아내야 하는 아들을 위해 준비한 선물이다. 아들은 시간이 지날수록 아빠가 자신에게 어떤 선물을 남겼는지 조금씩 깨달을 것이다.

한데 아빠의 살가운 대화 시도가 예찬이는 조금 낯선 듯했다.

**아들** : 뭐……, 뭐를?

**아빠** : 그러니까 이거 하나하나를 아빠가 오려놓은 거야. 거기에 아빠의 마음을 담아서 너에게 해주고 싶은 말을 하나하나 붙인 거야.

**아들** : (그림 하나를 가리키며) 공부해라.

**아들** : (다른 그림을 보며) 이거는 아침 일찍 일어나라.

**아빠** : 쭉 보고 한번 말해봐.

**아들** : 운동해라. 물 많이 마시고, 잘 놀고, 잘 쉬고. 옷 잘 정리하고.

**아빠** : 예찬이가 본 게 맞는 것도 있고 약간 방향이 다른 것도 있어. 하지만 정답은 없어. 아빠의 마음을 네가 얼마나 읽나 본 거니까. 아빠가 다 설명해줄게.

**아들** : (다른 그림을 보며) 이건 모르겠어. 이건 잘 먹고. 또 남을 도와주고…….

**아빠** : 예찬아, 이건 '공부해라'가 아니라 살면서 많은 숫자와 문제에 부딪힐 거라는 얘기야. 네가 말한 대로 공부가 될 수도 있고, 직장인이면 실적일 수 있고, 학생이면 성적이고 또 가장이면 월급이 될 수 있고. 이런 문제들이 너를 힘들게 할 거야.

그리고 이 그림은 너만의 공간을 가지라는 거야. 쉴 수 있는 너만의 공간. 그곳에 가면 너는 쉴 수 있는 거야. 다 내려놓고 쉴 수 있는 너만의 쉼터가 있어야 해. 잠깐 쉬면서 시원한 물도 마시고.

이건 운동하라는 게 아니라 사람들의 시선을 의식하지 말고 네가 하고 싶은 대로 하라고. 대적하고 싸울 때는 싸우면서 네 갈 길을 가라고. 또 이건 옷을 잘 정리하라는 게 아니고 멋을 부릴 줄 알라는 거야. 사는 일에 치여 바쁘겠지만 네 나름대로 멋을 즐기면서 살았으면 좋겠어.

여기 이건 네가 세상이 정말 넓다는 걸 알았으면 하는 거야. 네게 돈이나 시간이 없어도 일본이든 중국이든 일 년에 얼마라도 너만의 여행을 갔으면 해.

이건 제대로 봤네. 남을 도우면서 살라는 얘기야. 거창하게 도우라는 것이 아니라 아주 작은 일이라도 필요한 사람이 되었으면 한단다. 그리고 이거는 단순히 잘 먹으라는 얘기가 아니고 가족과 함께 요리를 하면서 즐기라는 거야. 혼자 만든 음식이나 사온 음식을 먹는 게 아니라 가족이 처음부터 다 같이 준비해서 먹는 거야. 처음부터 같이 재료를 구입하고 함께 만든 음식…….

박수명 님은 호스피스에서 미술치료를 받으며 아들과 딸에게 전할 메시지를 작품으로 표현했다. 그는 그답게 반듯하고 온화한 성품이 그대로 드러나는 당부를 남겼다. 특히 자신의 성격을 빼닮은 딸에게는 "마음을 표현하며 살 것. 화가 날 때는 화를 내고 아프면 아프다고 말하고…… 내가 다시 돌아간다면 그렇게 할 텐데……"라고 말하면서 그는 뭐라 표현하기 힘든 표정으로 딸을 바라봤다.

그에게는 시간이 별로 남아 있지 않았다. 곁에서 이 대화를 지켜보던 나는 놀라움을 금치 못했다. 아빠가 떠난 뒤 거친 세상과 홀로 맞서야 할 아이들에게 남긴 그의 말들은 그야말로 최고의 조언이었다. 얼마나 오랫동안 곱씹고 또 곱씹으며 걸러냈을까.

아빠의 당부

살면서 부딪힐 많은 숫자와 문제에 좌절하지 마라.

다 내려놓고 쉴 수 있는 너만의 쉼터를 만들어라.

인생의 멋을 즐기면서 살아라.

여행을 떠나 세상이 넓다는 걸 경험하라.

남을 도우며 살아라.

가족과 함께 요리를 하며 즐겨라.

같은 뜻을 품은 마음이 맞는 친구를 사귀어라.

아빠와 아들의 대화가 이어지는 동안 엄마와 딸은 병동 복도 창틀에 기대 손톱을 깎으며 이야기했다.

**딸** : 엄마. 나, 은행원 할까?

**엄마** : 왜? 그냥 너 하고 싶은 일 해. 사람들은 대부분 이렇지. 일단 돈을 생각하고 그다음엔 안정적인 것, 편한 것을 따지지. 엄마가 그랬잖아, 하느님의 선에서 어긋나지 않고 다른 사람에게 피해를 주지 않으면 되는 거라고……. 얼마나 살지도 모르는데…….

엄마의 말처럼 인생은 간단한 진리 속에 답이 있다. 속으로 얼마나 많은 생각을 달이고 달이면 진액 같은 진리만 남는 걸까.

## 사춘기 아들,
## 조급한 아빠

마지막을 향해 시간이 화살처럼 내달리고 있음을 느끼는 아빠는 그저 초조하기만 하다. 반면 시간 개념이 정확히 그 반대편에 있는 아들은 모든 게 서툴러 아빠 앞에서 긴장한다. 번번이 실수하는 아들을 향해 아빠는 순간적으로 소리를 지른다.

"야, 박예찬!"

아들은 아빠와 함께하는 시간이 편하지 않고, 아빠는 자신을 불편하게 여기는 아들이 내심 섭섭하다. 어색한 부자 사이를 간파한 헬레나 수녀가 박수명 님에게 미션을 내렸다.

"박수명 씨는 지금 아이를 아이로 보지 않고 성숙한 인격으로 보려고 하고 있어요. 아이가 어떻게 해줬으면 좋겠다는 바람보다 그냥 아빠의 마음만 전달해줬으면 좋겠어요. 아이에게 어떻게 하라고 명령하거나 지식을 전달하지 말고. 따뜻하게 아이의 이름을 불러주고 남자 대 남자로서 아빠의 마음만 전달하면 돼요.

이렇게 저렇게 하라며 지시하고 화를 내면 상처로 남거든요. 지금 시간이 없어서 불안하고 초조할 거예요. 그래도 그러지 말고 주말에 아이들이 오면 일상적인 일을 즐기세요. 아이를 바라보고 눈빛을 교환하고 손을 잡고 하는 시간이 은총의 시간이에요."

박수명 님은 아들이 성장하면서 문제에 부딪혀 좌절감에 빠졌을 때 자신이 남긴 메시지가 길잡이가 되어주길 바랐다. 그래서 숨을 쉬고 있는 일 분, 일 초가 아깝고 소중해 마음이 조급했다. 헬레나 수녀가 말을 이었다.

"아빠가 아프니까 자기도 아빠한테 제대로 아들 노릇 좀 하고 싶은 마음이 굴뚝같은데 자꾸 실수를 하는 거예요. 한데 거기다 대고 아빠가 화를 내면서 자꾸 지적하고 야단을 치면 아들은 힘들 수밖에 없어요. 난 왜 이럴까? 하면서 자꾸만 위축되고 자존감이 무너지지요.

자, 제가 숙제를 하나 드릴게요. 무조건 하루에 한 번씩 문자 메시지나 카톡으로 사랑한다는 말하기. 그 말을 하는 게 어려우면 하트라도 뿅뿅뿅 날리거나 아니면 '예찬아 오늘 뭐했어? 오늘 어떻게 보냈어?' 해보세요. 그렇게 아들에게 먼저 아는 척하고 다가가세요."

헬레나 수녀는 다른 가족에게도 미션을 내렸다. 모현 호스피스의 화가 홍종수 님의 임종을 앞두고 그녀의 딸들에게 미션을 준 것이다.

"엄마가 아프다는 것, 앞으로 어떤 일이 일어날 거라는 것, 그런 걸 생각하지 말고 지금 엄마와 함께 지내는 이 시간에 대해 편지를 써보세요. 글재주가 없다고요? 이 편지는 잘 쓰고 못 쓰고와는 아무 상관이 없어요. 이 편지는 내 마음을 말로 표현하는 게 아니라 글로 표

아빠와 아들은 이렇게 한 발짝 떨어져 걷고 바라보고 이해한다

현해서 엄마와 그 시간을 함께하는 데 의미가 있어요.

무슨 말을 써야 할지 정 모르겠다면 태어난 이후 엄마랑 쭉 같이 살면서 엄마의 어떤 점이 좋았고, 지금도 엄마의 어떤 부분이 내게 위안을 주고, 엄마가 그때 그렇게 말해줘서 고마웠고⋯⋯ 이런 내용을 적으면 돼요."

곳곳에서 펼쳐지는 헬레나 수녀의 미션을 보며 이별 과정에도 노력이 필요하다는 것을 알았다. 떠나는 사람뿐 아니라 남아서 견뎌야 하는 사람들을 위해서라도 더 많은 사랑을 표현하는 것은 물론, 더 많은 용서와 이해가 필요했다.

헬레나 수녀에게 조언을 들은 박수명 님은 그제야 아들을 대하는 자신의 방식을 돌아보기 시작했다.

"시간이 없다는 생각이 머릿속을 떠나지 않으니까, 또 나 역시 아들과 같은 길을 걸었으니까. 그게 아니야, 그 길이 아니고 이 길이야 하고 말하고 싶은데 그게 아들에게는 간섭이고 잔소리인 거죠. 분명 속으로는 너무 늘어놓지 말자고 다짐하지만 막상 아이를 보면 자꾸 잔소리처럼 얘기가 터져 나오고 그래요. 그 녀석은 사춘기고, 나는 조급한 아빠니까……."

사춘기 아들, 조급한 아빠. 한번은 예찬이에게 아빠를 왜 불편하게 여기는지 그 이유를 물어본 적이 있다. 예찬이의 대답은 두 아들을 키우고 있는 나를 돌아보게 만들었다.

"제가 잘못을 하면 엄마와 아빠가 똑같이 꾸중을 해요. 근데 저는 아빠를 볼 시간이 적잖아요. 그러다 보니 아빠의 꾸중이 엄마와 똑같은 양이더라도 짧은 시간 안에 집중적으로 이뤄져요."

쏟아지는 물줄기가 가랑비처럼 내려앉는 게 아니고 장대비처럼 퍼붓는 느낌이라는 얘기다. 예찬이의 대답을 듣고 나 역시 아이들과 함께하는 시간의 비중으로 봤을 때 꾸짖는 시간이 절반이라는 사실을 깨달았다. 아이들과 놀아주는 척하는 시간 절반, 화내고 지적하는 시간 절반. 아빠들은 대개 아들의 변화를 묵묵히 지켜볼 만큼의 인내심이 부족하다.

## 우리에겐
## '지금' 유언이 필요하다

나는 자신이 가는 마지막 길을 촬영하도록 허락해준 모든 분에게 혹시 남기고 싶은 메시지가 있으면 DVD로 만들어 가족에게 전달해주겠다고 말했다. 혹은 자녀가 몇 살이 되었을 때, 자녀가 결혼할 때 등 시기를 정해주면 그때 전달해주겠다고 약속했다. 그것이 내가 그들에게 할 수 있는 보답이라고 생각했다. 실제로 나는 영화 편집과 별도로 그들의 마지막 유언을 마음을 다해 편집했다.

호스피스에서 절절히 느낀 것 중 하나가 우리에겐 유언이 필요하다는 사실이다. 의외로 죽음을 준비하는 호스피스에서조차 유언을 남기지 못하는 사람이 굉장히 많다. 바이탈사인Vital signs, 활력 징후는 부드러운 낙하 곡선을 그리며 떨어지지 않는다. 그냥 뚝, 뚝, 계단처럼 떨어진다. 전혀 예상치 못한 순간에 의사표현을 할 수 없을 정도로 훅 떨어지기도 한다. 그렇게 영영 세상과 이별할 수도 있다.

임종 증세가 시작되었을 때 우리가 드라마나 영화에서 흔히 보던 장면은 연출되지 않는다. 고통스럽다는 의사표현만 있거나 그러한 의식조차 없을 때도 많다. 유언 같은 건 더더욱 불가능하다. 마치 새가 알에서 벗어나는 것처럼 영혼이 몸에서 떠나가는 과정만 있을 뿐이다.

매우 꼼꼼하고 계산에 밝은 어느 중년 남성 환자가 있었다. 겉보기에 그는 기운이 넘쳤고 그 자신도 남은 시간이 한 달도 채 되지 않는다는 걸 직시하지 않았다. 살면서 가정의 경제권과 결정권을 쥐고 있던 그는 마지막까지 가족에게 통장의 비밀번호조차 알려주지 않았다. 병원비와 장례비를 치를 돈을 찾을 수 없었던 가족은 가장이 임종한 후 서류상으로 처리가 끝난 뒤에야 돈을 찾을 수 있었다.

그가 생전에 쥐고 있던 힘의 결정판은 통장의 비밀번호였다. 사람들은 이처럼 자기 육신과 함께 자신을 둘러싼 돈 혹은 권력이 있어야 자기 존엄성과 정체성이 유지된다고 믿는다. 하지만 달리 보면 슬픈 순간에 아이러니한 상황이 빚어질 수도 있다.

"내 마지막 유언은 338……."

"여보, 마지막 숫자가 뭐예요?"

"3, 3, 8……."

이런 허망한 이별을 맞지 않으려면 진정한 '수용'이 필요하다. 하지만 호스피스로 옮겨와서도 유언하기까지 꽤 긴 시간을 유예하는 사람들을 많이 봤다.

의사가 얼마 남지 않았다고 고지해도, 내 생명이 얼마 남지 않았음을 스스로 느껴도 계속 유예한다. 어쩌면 이것이 평상시 우리의 삶의 태도인지도 모른다. 흔히 이십대는 앞으로 60년, 삼십대는 앞으로 50년 하는 식으로 평균에 맞춰 자기 삶을 유예한다. 그만큼 자기 삶에 대한 질문도 유예한다. 삶의 질문은 순간순간 강렬하게 찾아오지만 우리는 그걸 외면하면서 '내일 생각하면 돼. 몇 년 후 안정되면 생각해도 돼. 은퇴 후 노년에 생각해도 돼' 하고 계속 미룬다. 그렇게 자기 삶을 떠받치고 이끄는 질문을 유예하다가 정작 삶에서 중요한 것을 모두 놓치고 만다.

삶이란 열심히, 죽을힘을 다해 살아도 공허한 구멍으로 가득할 뿐이다. 그런데 자꾸만 기약할 수 없는 내일로 미루면 그 구멍이 얼마나 넓게 벌어지겠는가. 나중에 그저 허허로움만 남는다면 인생이 얼마나 안타까울까.

박수명 님은 삶의 순간순간을 정돈하려 애를 썼다. 내가 자녀들에게 남기고 싶은 말을 촬영해서 원하는 시기에 전달해주겠다고 했을 때 그는 이미 편지로 다 남겼노라고 말했다.

"내가 열일곱 살 때, 그러니까 고등학교에 들어갔을 때 어머니가 돌아가셨어요. 지병이 있었던 것도 아니고 벼락처럼 갑자기. 그렇게 말 한마디 나누지 못하고 느닷없이 떠나셨어요. 그래서 내게 늘 삶을 정돈하는 습관이 생긴 것 같아요. 그때 어머니는 장사를 하다가 병원 응급실로 가셨는데 뇌출혈이라 아무 말도 못하고……. 어머니는 뭐라고 말하려고 애를 썼지만 전혀 알아들을 수 없었죠. 의식은 있었으니 남기고 싶은 말이 많으셨을 텐데…… 병원에서 그렇게 돌아가셨어요. 대체 어머니는 무슨 얘기를 하려 했을까, 내내 궁금했어요. 커서 어머니의 삶을 돌아보니 그때 어머니가 무척 답답했을 것 같더라고요. 일을 아주 많이 벌려놨는데 당부할 말이 얼마나 많았을까 싶었죠. 그러다 보니 내 나름대로 삶을 정리하며 사는 습관이 붙었어

죽음이라는 숙제는 우리가 안고
가야 할 큰 질문이다.
내일을 기약할 수 없다면,
우리는 지금 이 순간을 정말 열심히 살아야 한다.

요. 지금도 궁금해요 어머니가 그때 무슨 말을 했는지……. 만나면 물어봐야죠."

## 림보에서
## 보낸 한철

오랜 친구와의 이별, 형수의 죽음 그리고 어머니에게 닥친 불행은 내 삶을 정신없이 뒤흔들었다. 혼자가 된 형네 조카들을 돌보러 서울을 오가던 어머니는 집 현관에서 아들을 배웅하다가 그만 계단에서 발을 헛디뎌 머리를 다쳤다. 두 번의 대수술을 거쳤지만 어머니는 결국 의식이 돌아오지 않아 식물 상태로 누워 있어야 했고, 그건 우리 가족 모두에게 감내하기 힘든 고통이었다.

불행은 하나씩 오지 않고 한꺼번에 몰려온다고 했던가. 그간 죽음은 나와 먼 거리에 있다고 여겼는데 그 생각을 조롱하듯 순식간에 죽음이 달려와 내 뺨을 후려쳤다. 그저 관념적으로만 생각하던 죽음이 실제로 나타나 내 멱살을 잡아채고 그 어두운 얼굴을 들이댄 것이다. 그렇게 숙제로 여기면서도 몇 년 동안 미뤄온 죽음 앞에 내가 선 것이 아니라 죽음이 내 앞에 서 있었다. 나는 지금 그 숙제를 마무리하는 중이다.

애초에 내가 생각해둔 〈목숨〉 영화의 제목은 '림보에서 보낸 한철'

이다. 프랑스 상징주의 시인 아르튀르 랭보의 〈지옥에서 보낸 한철〉의 오마주 같은 제목이다. 나는 어머니가 계신 곳이 '림보'일 거라고 생각했다. 어머니는 가신 것도 아니고 계신 것도 아닌 '림보'에서 우리를 맞이하고 우리와 이별했다. 이는 어쩌면 늘 자식들에게 눈곱만치도 폐를 끼치고 싶어 하지 않던 당신의 의지와 무관하지 않은 듯하다. 유별나게 정이 깊던 어머니께서 갑작스레 곁을 떠나면 자식들이 깊은 충격을 받을까 봐 그것을 덜어주기 위해 당신의 무의식이 선택한 건 아닐까. 어머니가 자식을 알아보지 못하는 상황이 일 년 넘게 지속되는 가운데 가족은 더욱 가까워졌고 서로 더 많이 의지했다.

하지만 눈빛을 마주해도 언제나 비어 있는 듯한 어머니의 동공처럼 우리의 마음 한구석은 늘 비어 있었다. 늦은 시간 퇴근길에 어머니가 좋아하는 패티김의 노래를 틀었다. 그렇게 〈사랑이여 안녕히〉를 따라 부르며 나는 올림픽대로 차 안에서 혼자 실컷 울었다. 나만의 '사모곡'이었다.

죽음은 필수적으로 이별을 수반하기에, 그것도 영원한 이별이기에 더욱더 아리고 아프다. 생을 완전히 마감하는 사람과 남겨진 사람과의 이별은 그것이 어떤 형태든 누구도 익숙해지지 않는다. 인연을 맺은 그 한 사람과의 이별은 단 한 번뿐이기 때문이다. 이별을 해본 경험이 있다고 해서 또 다른 사람과의 이별이 덜 고통스러운 것은 아니다. 어떤 이별이든 상처와 고통을 남기지만 그럼에도 불구하고 상대적으로 아름다운 이별이 존재하지 않을까?

과거에 사람들은 자기 집에서 죽음을 맞이했다. 때가 되면 멀리 떠나 소식 한 장 전하지 않던 무심한 사람도 집으로 돌아오게 마련이었다. 집 밖에서 임종을 맞이하면 객사라 생각해 흉하게 여긴 까닭이다. 그런데 지금은 임종이 가까워지면 살던 집을 떠나 병원으로 가서 이별을 맞이한다. 한마디로 임종의 순간은 소중한 이와 이별하는 시간이 아니라 촌각을 다투는 응급 상황으로 바뀌어버렸다.

의식이 없는 환자가 응급실에 도착하면 대부분의 보호자들은 의료진이 내미는 '기관 삽관술' 동의서에 사인을 한다. 의식이 흐려지면 스스로 기도를 유지하기 어렵기 때문에 기관 삽관술을 하지 않을 경우 목숨이 곧바로 위태로워진다. 1센티미터 정도 두께의 플라스틱 관을 입을 통해 기관지에 넣어 강제로 산소를 주입함으로써 정상적인 호흡을 차단하는 기관 삽관술은 사실 환자에게 극도로 고통스러운 처치라고 한다.

그렇게 기계가 환자의 몸 여기저기로 투입되어 제 기능을 잃은 환자를 대신해서 작동한다. 중환자실에는 인간의 장기를 대신하는 많은 기계가 포진해 있다. 심지어 심장이 멈춰도 의식을 유지하게 해주는 치료 장비까지 마련되어 있다. 응급 환자를 위해 개발한 의료 기술을 임종기 환자에게 적용하면서 정말 죽기도 힘든 상황이 벌어지고 있는 것이다.

기관 삽관이 이뤄지면 가족과의 대화는 그대로 끊겨버린다. 말을 할 수도 없고 엄청난 고통이 가해지는 탓에 대부분의 시간을 마취와 수면제로 의식을 잠재우기 때문이다.

중환자실에서 그런 상태를 이어가다가 맞는 이별은 떠나는 이나 남겨진 이들에게 한결같이 한에 가까운 느낌을 남긴다. 대화를 나누는 것도, 마음을 공유하는 것도, 사랑을 표현하는 것도 완전히 막혀버린 마지막 시간이 아닌가. 하루에 몇 차례 30분 간격으로 상태를 점검하면서 막연한 희망을 안고 버티다가 어느 날 나뭇가지 부러지듯 툭 하고 꺾이는 이별이니 어찌 한이 남지 않겠는가.

떠나고 보내면서 서로 전하고 싶은 말이 얼마나 많을까? 오랫동안 인연을 나눈 관계일수록 매듭을 짓는 시간이 관계의 깊이에 비례해

박수명 님 부부의 제안으로 가족사진을 촬영했다. 고등학생 딸은 웨딩드레스를 입고, 중학생 아들은 군복을 입고 아빠와 사진을 찍었다. 휠체어에 앉은 아빠는 함께하지 못할 시간을 슬퍼하지 않기로 한 듯 꽤 오랜 시간 통증을 참아냈다.

길어질 필요가 있다. 그런 매듭 없이 관계가 툭 끊어지면 누구에게나 한 같은 상처가 남는다. 박수명 님이 30년도 더 넘은 어머니의 마지막 말을 끝까지 궁금해 했던 것처럼 말이다.

## 안부를 묻다

호스피스에서의 이별은 사랑의 농도가 아주 짙은 이별이다. 그곳에서는 사랑을 매듭짓는 것과 더불어 용서와 화해가 함께한다. 아무리 무뚝뚝한 노부부도 서로 손을 맞잡고 위로하며 함께 눈물짓는다. 이별의 성격이 '한'이 아니라 '그리움'이 되는 것이다. 같은 이별이지만 그 성격은 완전히 다르다.

짧은 기간 여행을 갈 때도 우리는 인사하고 당부하고 안심시킨다. 여행을 즐기는 나는 어디론가 훌쩍 떠나는 것을 좋아한다. 일정 기간 동안 떠나지 않으면 못 견디게 좀이 쑤실 정도다. 서른 살 때 다큐멘터리 촬영을 위해 인도에 다섯 차례 간 적이 있다. 인도의 땅덩이가 워낙 큰지라 우리는 지역과 지역을 이동할 때도 비행기를 이용했다.

지금도 한창 개발선상에 있는 인도인데 20여 년 전의 인도니 오죽했으랴. 당시 인도에서 내가 탄 비행기는 난생처음 보는 기종이었다. 배낭을 짊어진 어느 미국 여행자의 말을 빌리면 소련에서 몇 십 년 전에 수입한 기종이라 했다. 좌석표도 없었고 그저 시골의 완행버스처럼 빨리 앉는 사람이 임자였다.

언젠가 비행기 앞좌석이 상대적으로 사고에 안전한 편이라는 말을 들은 나는 재빨리 맨 앞자리에 앉았다. 드디어 신호가 떨어지고 문을 닫았는데 아뿔싸, 문조차 완전히 닫히지 않았다. 그러자 한국 스튜디어스와는 사뭇 다른 덩치 큰 여승무원 둘이 나서서 두 손으로 문을 쾅 닫았다. 그래도 문틈 사이로 얼마간 유격이 있었다. 그들은 한동안 옥신각신하더니 뭔가를 문에 붙였는데, 그것은 은색 테이프였다. 나중에 물어보니 항공기용 특수 테이프니까 걱정하지 말라고 했다. 내 상식으로는 도무지 말이 안 되는데 테이프로 몇 번 덧붙이고는 '오케이' 신호를 주는 게 아닌가. 앞좌석에 앉은 나는 테이프가 조금씩 떨리는 것만 눈에 들어왔고 불안감에 비행 내내 잠을 청할 수 없었다.

그러다가 기어코 우려하던 사고가 일어나고 말았다. 비행기가 기류를 타다 그만 툭 하고 떨어지기 시작한 것이다. 10초, 20초, 30초…… 비행기가 하강기류를 타다 보면 보통 롤러코스터를 탄 듯 내려앉는 경우가 다반사다. 그런데 1분이 지나고 2분이 지나도 여전히 비행기가 떨어지고 있었다. 승객들은 낮은 비명을 지르기 시작했고, 시계를 보니 벌써 3분 가까이 하강하고 있었다.

백 번도 넘게 비행기를 타봤지만 그런 경우는 처음이었다. 삼십대의 나이에 수직으로 추락하는 비행기 안에 앉아 있던 나는 그 짧은 시간에 정말 많은 생각을 했다. 어쩔 수 없다면 받아들이겠지만 나는 내가 충분히 인사를 하고 왔는지 궁금했다. 갈 때 가더라도 하직 인사는 제대로 해야 한다는 생각이 우선이었다. 출장을 서두느라 공항에서조차 부모님과 형제들에게 인사를 못한 게 몹시 후회스러웠다. 이대로 간다면 나도, 가족도 마음에 깊은 한이 새겨지리라는 생각이 들었다. 정확히 4분 30초 만에 비행기는 하강을 멈추고 안정을 되찾았다. 그날 이후 나는 짧은 여행을 갈 때도 공항에서 모든 가족에게 재차 안부전화를 건다.

이렇게 짧은 여행 앞에서도 기별이 절실한데 생을 마감하고 기약 없는 긴 여행을 떠날 때면 그만큼의 이별 의식이 오가야 하지 않을까? 얼굴을 마주 보고 손을 맞잡고 말과 눈빛으로 깊은 사랑을 전할 수 있다면 그 이별은 한과는 분명 다를 것이다. 이별에도 한이 남는 이별과 그리움이 남는 이별이 있는 셈이다.

크리스티나라는 세례명으로 불린 예순 넘은 환자는 호스피스로 떠나기 전 집에서 이별 의식을 치렀다. 그녀는 당신이 예전부터 존경하던 성당 주임 신부를 모시고 신도들과 지인, 가족을 초대해 미사를 드렸다. 그들이 서로 손을 잡고 인사를 나누는 모습을 보며 나는 진정 축복이라는 생각을 했다. 태어나서 맞는 첫 생일이나 결혼을 거창하게 기념하는 것처럼 이별을 준비할 때도 의식을 치르는 것은 어떨까? 장례식처럼 이미 가버린 자리에서 깊은 뜻을 전하는 것은 상호적이지 않고 깊은 위안도 되지 않는다. 이별은 살아서 얼굴을 마주할 수 있을 때 하는 것이 당연한 일이 아닐까.

"우리는 사는 동시에 죽어간다.
죽음은 순간이 아니라 과정이고, 죽는 일은
사는 일의 마지막 일이다.
누구나 죽지만 우리는 아무도 죽지 않는 것처럼 살고 있다."

## 더 가졌다고 해서
## 더 행복한 건 아니다

한번은 호스피스 관계자에게 부자들은 호스피스를 선호하지 않는다는 말을 들었다. 그들은 가능한 수단을 총동원해 최대한 생명 연장에 힘을 쏟는단다. 살아오면서 돈과 비례하는 서비스 및 상품의 질에 익숙해진 부자들에게는 돈을 왕창 지불하면 생명 연장을 최대로 보장받는다는 막연한 믿음이 있기 때문이다. 오히려 돈이 독이 되는 상황을 연출하는 셈이다.

암 치료법 중에 중입자 가속기를 이용한 표적치료가 있다. 방사선치료가 다른 세포도 공격하는 데 비해 중입자 표적치료는 암세포만 정확히 공격하지만 한 번 치료에 3,000만 원 이상이 든다. 그것도 아시아에서는 일본에만 있는 치료법이다. 형수가 투병하는 동안 이미 2억 원 가량을 의료비에 쏟은 형은 마지막으로 이 시술에 기대를 걸었다. 나는 의사 친구들과 해외 자료를 분석해 암 3기까지도 이 시술로 어느 정도 효과를 본다는 사실을 확인했다. 그렇지만 나는 오로지 앞으로만 달리는 형에게 간절히 매달려 형수를 호스피스로 모셨다. 지금 돌이켜봐도 그것은 올바른 선택이라 생각한다.

기실 형수의 투병기를 돌이켜보면 보호자의 의지와 실제 결과 사이의 부조화가 드러난다. 형수는 3대 종합병원에서 동일한 진단을 받고도 다시 네 군데 병원을 더 들렀다. 일말의 희망이라는 신기루를 붙들고 듣도 보도 못한 항암제와 항암치료에 많은 시간과 돈을 들였다. 결과적으로 최초 병원에서 6개월의 여명을 진단받은 것에 비해 딱 3개월을 더 연명했다. 이를 위해 환자는 지난한 고통을 감내해야 했고 가족 역시 그 고통에서 자유롭지 못했다.

형수의 말기암 선고를 받은 뒤 가족회의에서 나는 일종의 연구원으로 치료 방향에 대한 검토를 맡았다. 당시 나는 인터넷 암동호회에 여섯 개나 가입했고 항암 관련 서적을 스무 권 넘게 독파했다. 개인적인 경험으로 결론을 내리는 건 섣부른 짓이지만 내가 똑같은 상황을 맞이한다면 나는 종합병원 세 곳에서 진단을 받고, 그중 치료 및 수술 사례와 정성이 많은 의사를 선택해 모든 것을 내맡기리라. 절대 인터넷상에 떠도는 여러 소문과 기적에 눈을 돌리지는 않을 것이다. 소문과 기적은 데이터가 아니다. 만약 내가 3개월을 선고받는다면 나는 뒤돌아보지 않고 집이나 호스피스를 선택할 터다.

죽음 앞에서는 누구나 공평하다. 그런 탓에 마지막 여명을 누려야 할 시기에는 때로 '가진 것'이 장애가 되기도 한다. 더 많은 돈은 더 많은 희망과 치료에 의존하게 만들고 결과적으로 몸에 더 많은 공격을 가하고 만다. 많은 돈은 더 큰 가능성과 희망으로 가족을 이끌지만 결국 이 전쟁의 패자는 희망이다. 잔인하지만 이는 피할 수 없는 현실이다.

한 종합병원 전문의는 이렇게 말했다.

"우리는 병원에서 생명의 마지막 순간까지 끝없이 치료를 받는 게 최선이라고 잘못 알고 있습니다. 그렇게 하면 비용을 떠나 환자 자신이 불필요하게 커다란 고통을 겪습니다. 더 중요한 것은 한 생명으로서 삶을 마무리할 시간을 잃는다는 점입니다. 이것은 굉장히 불행한 일입니다."

호스피스에 오는 환자 중에는 경제적인 문제로 더 이상의 연명치료를 포기하고 오는 경우도 더러 있다. 보호자들은 환자를 호스피스로 모시며 굉장한 죄책감에 시달린다. 환자를 살리기 위해 과연 끝까지 최선을 다했는가 하는 막연한 죄책감이다.

그런데 나는 호스피스에서 함께 시간을 보내며 그 미안함과 안타까움이 평온함과 고마움으로 변하는 모습을 여러 번 목격했다. 한 남자는 '다행히 부유하지 않아' 그리 멀리가지 않은 단계에 항암을 접었다. 그리고 사랑하는 가족의 품에서 평온히 잠들었다. 가난해서 오히려 끝이 아름다웠던 셈이다.

보건복지부에 따르면 평생 마지막 한 달 동안 가장 많은 의료비를 지출하고, 한 사람이 생애에 쓰는 치료비의 약 3분의 2를 마지막 6개월 동안 쓴다고 한다. 임종이 다가올수록 불안과 두려움이 커지면서 수단과 방법을 가리지 않고 쏟아 붓듯 치료한다는 얘기다. 환자는 이미 심신이 미약한 상태라 스스로 현명한 판단을 내리기 힘들고, 보호자는 불안감과 미안함으로 무리가 가더라도 최선을 다해야 한다는 강박에 빠진다. 결과적으로 환자와 보호자는 의료진의 선택에 모든 걸 내맡긴다. 이때 의료진은 보다 인간적이고 환자 중심적인 판단을 내릴 필요가 있다. 이를 기대하기 어렵다면 결국 보호자가 중심을 잡아야 한다.

## 존엄한 이별

나이든 부모나 가족을 떠나보낼 때 남아야 하는 가족의 생각은 무척 중요하다. 길게 오랫동안 연명하며 '환자'로서 돌아가게 할 것인가, 그분의 고귀함을 유지한 채 '자신'으로 돌아가게 할 것인가. 이 문제는 환자 자신에게도 중요하고 환자의 가족에게도 중요하다.

지인의 노모가 폐암 말기였다. 병원에서조차 반신반의했음에도 불구하고 평소 효성이 지극했던 지인의 고집으로 노모는 대수술을 받았다. 그것도 젊은 환자조차 감당하기 힘든 수술을 두 차례나 받았다. 수술은 성공적이었지만 노모는 산소호흡기에 의지해 팔순을 맞았다. 그분은 꼬박 3년 반을 산소호흡기를 매단 채로 생존했다. 나는 그분이 진심으로 그 같은 결과를 원했을까 의문이 든다.

얼마간의 비난과 오해를 받을지라도 어느 시점에서는 반드시 용기와 결단이 필요하다. 그런데 죽음 앞에서는 누구나 눈치를 보고 서로에게 결정을 미룬다. 환자 역시 '더 나빠질 수 있다는 두려움' 때문에 정확한 판단을 내리기가 쉽지 않다. 이미 심신이 피폐해져 평소의 의지와 결단력을 보이기 힘들다.

내가 생각하는 가장 이상적인 방법은 사람마다 건강할 때 죽음의 방향을 명료하게 정해놓는 것이다. 자신이 생각하는 존엄한 죽음의 방법을 말이다.

많은 경우 보호자는 환자에게 힘을 내라고 애원하고, 환자는 자신의 목숨을 지탱하는 것이 보호자를 돕는 거라고 생각한다.

"힘내. 씩씩하게 이겨낼 수 있잖아. 제발 이렇게 나를 떠나지 마."

이런 애원이 환자를 떠나지 못하게 붙잡는다.

또한 환자를 위한다는 이유로 임종의 순간까지 과도한 영양제를 투여하는 경우도 있다. 그 욕심은 임종하는 환자만 힘들게 만들 뿐이다. 누구나 잠자듯 편안하게 가길 바라지만 임종의 순간까지 영양 상태가 좋으면 임종하는 시간이 아주 길어진다. 그 순간이 떠나는 자에게는 굉장히 힘든 시간이 될 수 있다.

영혼은 이미 여행을 떠날 준비를 하고 있는데 남아 있는 가족이 육신을 꽉 붙들고 있으면 떠나는 자는 얼마나 고통스러울까. 그것은 몹시 위험하고도 힘든 과정이다.

## 남은 이들의
## 슬픔

죽음을 수용한 듯 편안하게 김정자 님이 돌아가신 후, 그녀의 남편이 호스피스 병동을 다시 찾았다. 호스피스에서 가족을 보낸 보호자들은 떠난 가족이 그립거나 기일이 되면 호스피스를 다시 찾는다. 마지막 추억이 깃든 곳이기 때문이다. 이는 호스피스 직원들이 보람을 느끼는 순간이기도 하다.

김정자 님 남편은 한 달째 집에 들어가지 못하고 있었다.

"잠을 한숨도 못 자겠어요. 그 사람 손끝이 야물어서 집에 해놓은 게 눈에 들어오는데 눈물이 마구 쏟아져서……. 자려고 누워도 자꾸 그 사람이 떠오르고 새벽까지 잠들지 못해 집 여기저기를 돌아다녀요. 근데 여기 가면 여기서 부르는 것 같고, 저기 가면 저기서 부르는 것 같고. 너무 보고 싶어요. 진짜 너무 보고 싶어요. 보고 싶고 생각나고 그립고. 지금이라도 따라가고 싶어요. 같이, 같이 가고 싶어요……."

그는 아무리 마음을 추스르려 노력해도 그리움에 자꾸만 마음이 무너진다고 했다. 그 마음을 뭐라 표현할 수도 없고 또 표현해도 아무도 이해하지 못할 거라고 말했다.

"회사에서 일을 끝내고 저녁 일곱 시쯤 집에 들어갈 때면 내가 꼭 아내를 부르면서 들어갔거든요. 지금도 집에 가면 아내가 방에서 대

호스피스에 계신 분들 중 자신의 죽음이 두려워
우는 사람은 한 명도 못 봤다.
하지만 남겨지는 사람들을 생각할 때면
그들은 어김없이 무너져서 울었다.
그들은 죽음이 아니라 이별을 무서워했다.
이별은 학습되지도 않고 준비되지도 않는다.

답하는 소리가 들리는 것 같아요. '어, 나 여기 있어' 하고. 이런 고통, 겪어보지 않은 사람은 몰라요. 이 고통…… 말도 못해요."

겨울 끝자락의 추운 날씨에도 그는 집 앞에서 서성이다 발길을 돌렸다. 아내가 정성스레 꾸며놓은 보금자리, 아내의 손길이 닿은 구석구석에서 아내의 목소리가 들리는 듯해 차마 들어가지 못했던 것이다. 그는 차라리 자신의 사정을 모르는 이들과 이야기를 나누는 게 편하다고 했다. 슬픔은 그냥 옆으로 밀친다고 사라지지 않는다.

"내가 죄인이에요. 31년을 함께 살면서 크게 싸운 적은 없어요. 그런데 막상 그 사람이 가고 나니까 내가 잘못한 것, 내가 못해준 것만 생각나지 잘해준 건 하나도 떠오르지 않네요. 진작 좀 더 알아보고 손이라도 한 번 더 썼어야 하는데…… 이런 후회만 남아요."

그는 아내를 제대로 지켜주지 못했으니 자신은 죄인이라고 말했다. 경제적으로 여유롭지는 않았지만 아내의 병을 고치기 위해 사방팔방으로 내달렸던 그는 한번은 1,200만 원을 가져오면 3개월은 더 살게 해주겠다는 사기꾼 같은 사람도 만났다.

"내 재산이 얼마 되지 않지만 그 사람이 살아올 수만 있다면 있는 재산 10원짜리 하나 남기지 않고 다 털겠어요."

그는 가끔 뒷산에 올라가 소리 지르며 운다고 했다.

## 한 사람과의
## 한 번의 이별

사별 후 남은 가족은 대부분 크고 작은 죄책감에 시달린다. 그 사람은 갔는데 나는 이렇게 잘 살고 있다는 것, 잘 먹고 있다는 것, 행복해한다는 것 등 평범한 일상에 대한 미안함이다.

이런 끊임없는 반추는 남겨진 사별가족이 일상으로 회귀하는 것을 가로막는 거대한 마음의 장벽이다. 사별가족 모임을 주선하는 한 수녀는 사별가족의 뿌리 깊은 죄책감은 매우 위험하다고 말한다. 그런 죄책감은 행복의 싹 위에 무겁게 놓여 있는 거대한 바위 같다. 스스로 놓은 그 바위를 옆으로 옮기지 않는 한 행복과 평온은 결코 싹트지 않는다.

"아내가 아프면서 직장을 그만뒀는데 이전 직장동료들이 다시 나와서 일하라고 연락하더라고요. 움직이면서 잊으라고. 친형도 자꾸 만나자고 그러는데 내가 아직 마음의 여유가 없으니까 기다려달라고만 했어요. 아직 누굴 만날 준비가 되어 있지 않아서요."

결국 김정자 님의 남편은 아내와 어렵게 마련한 집을 세놓고 떠났다. 그분의 얘기 중 가장 기억에 남는 말은 이것이다.

"사별가족의 고통이 큰 이유는 가까운 사람들과도 그 아픔을 공유할 수 없기 때문입니다."

사별가족은 '내 마음을 당신들은 몰라' 하는 생각이 강하기 때문에 같은 고통을 직접 겪지 않은 이들의 그 어떤 위로도 큰 도움이 되지 않는다. 그들에게 필요한 것은 동병상련이다. 사별가족이 겪는 고통을 이해하고 공유할 수 있는 사람은 가장 유사한 상황을 겪은 사람들이다. 이 때문에 사별가족 프로그램이 절실하다. 사별가족 모임에서는 굳이 무슨 고통을 겪는다고 말하지 않아도 상대가 어떤 상태에 있는지, 이별한 지 얼마나 지났는지 미뤄 짐작할 수 있을 만큼 서로 이해가 깊다.

후암동 모현센터에서 진행하는 사별가족 모임의 첫날에는 떠나보내기 프로그램을 연다. 수십 개의 초로 하트 모양을 만들고 그 가운데 영정이나 추모하는 글을 두고 참가자들이 떠난 이에 대한 사랑을 표현하는 의식이다. 한번은 어느 칠순의 노신사가 쭈뼛쭈뼛하며 앞으로 나아가 한동안 말이 없었다. 그는 "사랑하는 당신……"이라는 말문을 열기가 무섭게 주체할 수 없을 만큼 울음을 쏟아냈다. 나는 속으로 살갑게 살던 부부가 최근에 이별했구나 하고 생각했다. 그런데 그는 20년 전에 아내를 떠나보냈단다. 그는 20년 만에 비로소 목 놓아 울음을 터트린 것이다. 함께 살며 사랑을 충분히 표현하지도 못했고 홀로 남은 가장으로서 아내의 부재에 약한 모습을 보이지도 못해 울음을 속으로만 삼켜왔던 것이다. 20년 동안 묵혀둔 슬픔은 참으로 오랜 시간 이어졌다. 친지나 자식들 앞에서 그저 태연한 척해야 했던 그는 그간 아무에게도 위로와 이해를 받지 못하고 아무 일 없는 양 마음을 숨겨왔던 것이다.

투병 9개월 만에 형수를 보낸 형은 장례식에 가족 외에는 아무도 부르지 않았고 부조도 받지 않았다. 그저 어찌어찌 소문을 듣고 온 교회 신도들과 장례식 마지막 날 달려온 회사 임직원들을 묵묵히 맞이했을 뿐이다. 그리고 두 달 후 정든 집을 떠나 이사를 했다. 형은 영화 〈목숨〉 시사회에도 오지 않았다. 얼마 전 영화를 마칠 무렵 같이 저녁을 먹는 자리에서 형이 말을 꺼냈다.

"영화 봤다. 같이 가기 뭐해서 혼자 갔다 왔다."

많은 사별가족이 친구나 가족과 이 영화를 보지 않고 대부분 혼자 영화를 봤다고 한다. 외진 좌석에 앉아 상영 내내 홀로 울고 온 사람이 많았단다. 혼자만의 유일한 위로일까. 나는 여지껏 형의 눈물을 단 한 번도 본 적이 없다. 그날 밤 철가면 같던 형의 얼굴에 얼룩이 배어 있는 듯했다.

떠나는 이는 죽음을 준비할 수 있지만 남은 사람이 사별을 견디는 것은 매우 어렵다. 단 한 사람과 단 한 번의 이별이 아닌가. 사별은 절대 준비할 수도 없고 익숙해지지도 않는다. 누군가의 임종이 아닌, 바로 '그 사람'과의 이별이니까. 그 무엇과도 견줄 수 없고 그 어떤 말로도 위안이 되지 않는 단 한 번의 이별.

모든 인연에는 이처럼 마지막 이별이 기약되어 있다. 그러기에 모든 만남은 순간순간 절실할 필요가 있다.

사별을 겪은 이들에게는 사유가 사치일 수 있지만, 상실과 이별에는 고통 그 자체를 뛰어넘는 의미가 담겨 있다.

키사고타미Kisagotami는 사와티에 사는 한 재산가의 딸로, 그녀가 키사고타미라고 불린 이유는 그녀의 몸이 날씬했기(키사) 때문이다. 성장한 후 젊은 재산가와 결혼한 그녀는 아들 하나를 낳았다. 그런데 아이가 겨우 걸음마를 시작할 무렵 아들이 갑자기 죽고 말았다. 슬픔과 충격이 너무 컸던 그녀는 죽은 아들을 안고 이 사람 저 사람 찾아다니며 살려낼 약을 달라고 애원했다. 하지만 그녀를 상대해주는 사람은 아무도 없었다. 그중 어떻게든 그녀를 도와야 한다고 생각한 한 현명한 사람이 그녀에게 말했다.

"당신이 찾아가야 할 분은 부처님인 것 같소. 그분은 지금 당신이 찾고 있는 약을 갖고 계신다오."

고타미는 제타와나 수도원에 계시는 부처님을 찾아가 아들의 시신을 내려놓고 울며 애원했다.

"부처님이시여, 어떤 어진 사람이 제게 말하기를 부처님께서 제 아들을 살려낼 약을 갖고 계신다고 했습니다. 부처님이시여, 제발 제 아들을 살려주십시오."

부처님께서는 이 여인을 가엾게 여기시어 부드러운 음성으로 말씀하셨다.

"여인이여, 사람이 죽은 적 없는 집에 가서 겨자씨 한 줌을 얻어 오너라."

고타미는 죽은 아들을 안고 첫 번째 집의 문을 두드리며 겨자씨를 구했다. 주인은 사정을 듣고 대답했다.

"작년에 우리 아버지께서 돌아가셨다오."

고타미가 온 마을을 뒤지고 다녔지만 단 한 집도 사별을 경험하지 않은 곳이 없었다.

고타미는 부처님께 돌아와 사람이 죽지 않은 집을 찾을 수 없었노라고 말했다. 부처님께서는 그녀에게 이렇게 설법을 해주셨다.

"고타미여, 너는 너만 아들을 잃었다고 생각했을 것이다. 그러나 모든 생명에게는 반드시 죽음이 있느니라. 죽음은 중생이 자기 욕망을 다 채우기도 전에 그를 데려가느니라."

키사고타미는 이 설법을 듣고 일체 모든 현상은 무상하여 오래가지 않는다는 것과 모든 생명은 욕망을 성취하지 못하는 고통 속에서 살다가 불만 속에서 죽어간다는 것 그리고 일체의 사물에는 그것을 이끌어가는 불멸하는 주체, 즉 나我가 없다는 것을 완전히 깨닫는 소타팟티 팔라(수다원과)를 성취했다.

_《법구경》 중에서

이 여행의

—

끝에서 받는

—

마지막 선물

'나우 앤 히어now and here'

지금 즉시, 바로 여기서 하라.

시간은 우리를 기다려주지 않는다.

삶의 의미 또한

스스로 찾아오지 않는다.

## 더 많이 사랑하지 못했음을 반성한다

"아빠, 약이래. 아빠, 아 해봐. 아빠, 꿀떡해."

아빠에게 약을 건네는 꼬마 아가씨가 제법 의젓하다. 약을 먹은 아빠를 향해 "아빠, 아 해봐. 꿀떡 넘어갔어?" 하고 확인까지 한다. 딸이 병원에 오자 표정이 확연히 달라진 아빠는 환한 얼굴로 딸을 바라보며 말한다.

"나한테는 태양이고 빛이고 햇살이니까."

2013년 겨울 영화 〈오래된 인력거〉, 〈시바, 인생을 던져〉를 연출한 이성규 감독이 쉰 살이라는 이른 나이에 세상을 떠났다. 그가 마지막으로 머문 호스피스 병동은 아내와 어린 두 딸 그리고 그를 찾는 사람들의 발길로 붐볐다.

인도에서의 개인적인 여정을 중심으로 한 그의 첫 극영화 〈시바, 인

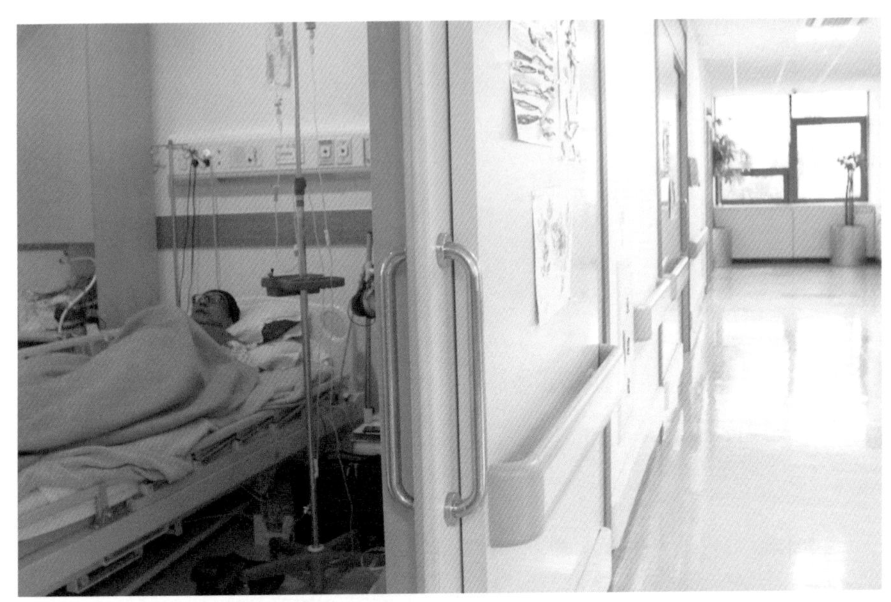

이성규 감독, 그는 내가 아는 가장 뜨거운 영화인이었다

생을 던져〉 막바지 작업 중 그는 간암 말기 판정을 받았다. 병상에서 그는 죽어가는 자신의 일상을 페이스북에 남겼는데 오히려 너무 담담해서 더 슬펐다.

'여행과 와병의 공통점은? 모두 자기 자신을 반성하게 한다는 것. 아직 더 많이 사랑하지 못했음을 반성한다.'

'호스피스행을 결정하고 아내와 끌어안은 채 한참을 울었다. 그리고 울음을 털었다. 울어서 달라질 건 없다. 이제 우리 가족의 일상에 나의 죽

음이 들어왔다. 죽음은 존엄의 동반자다. 아내와 나는 그 죽음을 웃으며 맞이한다. 환영한다.'

'죽음을 받아들이는 것은, 삶에 대한 적극적인 태도이다.'

'허락된 시간이 그런대로 충분한 줄 알았어요. 그러나 아니네요. 내가 살아갈 하루의 숫자가 줄어든 기분.

아직은 훌쩍훌쩍 울곤 합니다만, 임종이란 현실을 받아들이고 있습니다. 인간에게 죽음이 두려운 건, 죽음 그 자체가 아니라 죽음의 과정일 것입니다.

죽음의 과정이 내게 축제일 수 있게 도와주세요. 나는 축제 현장에서 놀고 있어요. 재미나게 놀고 싶어요. 그리고 안녕이라 님들에게 인사하고 싶어요.'

이처럼 죽음 앞에서 담담하던 그도 두 딸 앞에서는 쉬이 무너졌다.

'딸들이 크는 모습을 더 보고 싶어요. 살고 싶어요.'

자신의 삶이 사그라지는 건 담담히 받아들인 그도 사랑하는 딸들을 더 이상 볼 수 없다는 건 받아들이기 어려워했다.

## 특별한 상영회

이성규 감독의 마지막 영화가 되어버린 〈시바, 인생을 던져〉의 개봉일은 2013년 12월 19일이었다. 그런데 그의 병세는 그가 영화 개봉을 볼 수 있을지 확신하기 어려울 만큼 안갯속이었다. 암을 발견한 지 불과 6개월이 흘렀을 뿐인데 그는 오늘 하루를 기약하기조차 힘들었다.

이성규 감독이 영화 개봉 일까지 버틸 수 있을지 우려하던 지인들은 12월 11일, 특별한 개봉을 준비했다. 평소 관객이 가득 찬 극장에서 자신의 영화를 개봉하는 것이 소원이던 독립영화인 이성규 감독을 위해 자리를 마련한 것이다. 그와 그의 영화를 사랑하는 많은 이들이 12월 11일 춘천 CGV에 가득 모였다.

그는 극장에 들어서기까지 그날의 이벤트에 대해 최소한의 귀띔만 받았다. 주인공이 상영관에 들어서자 사회자는 "시바, 비행기를 던져!"라고 외쳤다. 관객은 일제히 이성규 감독에게 전하는 메시지를 빼곡히 적은 종이비행기를 날렸다. 수백 개의 종이비행기가 자기 몸을 던져 상영관 천장으로 날아올랐다.

영문도 모르는 채 응급차에 실려 극장에 도착한 이성규 감독은 객석을 가득 메운 상영관에 들어서자 말문을 잇지 못했다.

"이렇게 많은 분이 오신 것……, 처음 봤습니다."

사실 그날 이성규 감독의 몸 상태는 그 자리에 참석하는 게 가능할지 알 수 없을 정도로 위태로웠다. 간성혼수가 수시로 찾아왔고 앰

뷸런스에 실려 극장으로 이동하면서도 말 한마디 전하는 것조차 버거워했다. 하지만 그는 마지막 관객 앞에서 기적 같은 에너지를 뿜어냈다. 그가 혼신의 힘을 짜내 절규하듯 마지막 인사를 전한 것이다.

"한국의 관객이 반드시 외국의 예술영화만 사랑하는 것이 아니라 한국의 예술영화도 사랑해야 합니다. 이러한 영화들이 계속 사랑받을 수 있는 힘과 기반을 마련해줘야 합니다……. 제 영화만 사랑해달라는 것이 아닙니다. 한국의 독립예술영화를 사랑해주시고 그 힘으로 한국 독립예술영화의 또 다른 르네상스를 만들어주시길 부탁드립니다. 정말 부탁드립니다."

영화에 자신의 인생을 던진 그였기에 말 한마디 한마디에서 그의 영혼이 묻어나왔다. 그의 마지막 절규를 들으며 문득 내가 그 자리에 있었다면 무슨 말을 했을까 생각했다. 아마 자리를 함께한 분들에 대한 감사로 끝냈을 것이다. 하지만 그는 자신의 영화 세계가 아니라 한국의 독립예술영화에 대한 의지를 피력하며 유언을 갈무리했다. 오랜 기간 그를 만날 때마다 그랬지만 그날은 유독 그가 커 보였다.

## 그의 이야기는
## 모두의 이야기

어느 날 이성규 감독이 한 방송사와의 인터뷰에서 이렇게 선언했다.

"제 마지막 콘텐츠는 저의 죽음이에요. 아이러니한 얘기인데 저는 제 마지막 작품을 이창재 감독과 함께하고 싶어요. 못할 것 같다는 생각도 들지만, 진짜 하고 싶어요. 그래서 악착같이 버틸 거예요. 비록 제가 제 죽음을 볼 수는 없을지언정 이창재 감독과 촬영을 종료하고 갈 거예요."

마지막 영화에 자신의 죽음을 담겠다는 그 선언적 인터뷰에 나는 상당히 놀랐다. 그를 따르는 많은 후배들이 그의 마지막을 담고 싶어 했지만 허락하지 않았다는 말을 이미 〈님아, 그 강을 건너지 마오〉를 연출한 진모영 감독에게 들은 터였다.

처음 그가 머무는 호스피스를 찾았을 때 그가 대뜸 말했다.

"마음대로 찍으세요. 내가 대소변을 가리지 못하는 것까지 다 찍어도 돼요. 나중에 내가 정신이 오락가락해서 찍지 말라고 해도 찍으세요. 가족이 반대해도 찍으세요, 이게 내 유언입니다."

다큐멘터리 감독은 카메라 앞에 놓인 출연자가 촬영 과정이나 상영 이후 겪을 여러 일을 다각도로 예상할 수 있다. 그런데 예상 가능한 모든 가상적 상황을 설명하면 출연할 사람이 거의 없을 것이다. 그러다 보니 아무래도 좋은 쪽으로 간략히 설명할 뿐이다. 다큐멘터리 감독이 자신을 잘 드러내지 않는 이유도 이 때문이다. 더구나 자신의 가장 초라한 모습을 드러내려 하는 사람은 거의 없다.

시간이 지난 뒤 진모영 감독에게 그 기라성 같은 후배들을 제쳐두고 나를 택한 내막을 물었다.

"이성규 감독님은 당신을 속속들이 알고 있거나 당신과 너무 가까운 다큐멘터리 감독이 자신을 찍는 걸 원치 않았어요. 그러면 최소한의 객관적인 거리가 무너질 테니까요."

그는 뼛속까지 다큐멘터리 감독이었다.

그의 병실에서 내가 처음 발견한 것은 스스로 설치한 작은 카메라였다. 그는 이를 통해 내가 찍는 시간 외에도 자신의 일거수일투족을 모두 담겠다는 의지를 표명했다. 나도 그의 열정에 뒤지지 않기 위해 촬영감독과 더불어 직접 카메라를 들었다. 그가 출연자로서 혹은 다큐감독으로서 봐도 엉성하지 않을 작품을 만들고자 바짝 긴장했다.

나는 마지막 장면을 먼저 구상했다. 그가 임종하는 순간 촬영감독 카메라가 임종한 이성규 감독을 천천히 떠나 그를 찍고 있는 나를 촬영하는 영상으로 끝을 맺는 것이다. 이성규 감독의 죽음은 내 멀지 않은 미래이므로 그를 통해 나를 보고자 했기 때문이다. 이런 바람은 오래가지 않았다.

400석을 가득 채우고도 모자라 통로에 앉은 관객과 함께 자신의 영화 개봉을 맞이한 그는 병실로 돌아온 뒤 급속도로 건강이 악화되었다. 간헐적으로나마 낮은 목소리로 대답할 수 있던 힘을 그 자리에서 다 소진해버린 모양이다. 그는 앞뒤를 재고 나아가기보다 일단 전

력질주한 뒤 의미를 곱씹는 사람이었다.

그는 상영회 이틀 후 눈을 감았다. 유언대로 그의 반은 육신의 고향인 한국 땅에, 나머지 반은 영혼의 고향인 인도 갠지스 강에 뿌려졌다. 결국 나는 작품을 시작도 하기 전에 끝맺고 말았다. 20년간 다큐멘터리를 찍으며 가장 아쉬웠던 때였다.

## 라이프스캔

그 이유를 명료하게 설명하기는 힘들지만 나는 대학 시절부터 오랫동안 '죽음'에 깊은 관심을 기울여왔다. 죽음에 관해서라면 철학적 질문이든 종교적 접근이든 심지어 임상적 측면에서 쓴 책이든 최대한 많이 읽어보려 애썼다. 죽음은 늘 내 머릿속을 떠나지 않는 삶의 화두였다.

사람들이 죽음을 두려워하는 이유는 누구도 사후세계를 알지 못하기 때문이다. 누구도 그 세계를 보고 돌아왔다는 정확한 근거를 댈 수 없으니 그 미지의 세계가 두려운 것은 당연하다. 사실 인류는 오랜 세월 동안 사후세계를 알아내기 위해 다양한 시도를 해왔다. 최근까지만 해도 우리는 신화를 통해 사후세계를 엿보거나 영적 선각자들의 개인적 체험에 귀를 기울였다.

20세기 들어 단순히 개인의 영적 체험이 아닌 과학적 데이터로 사

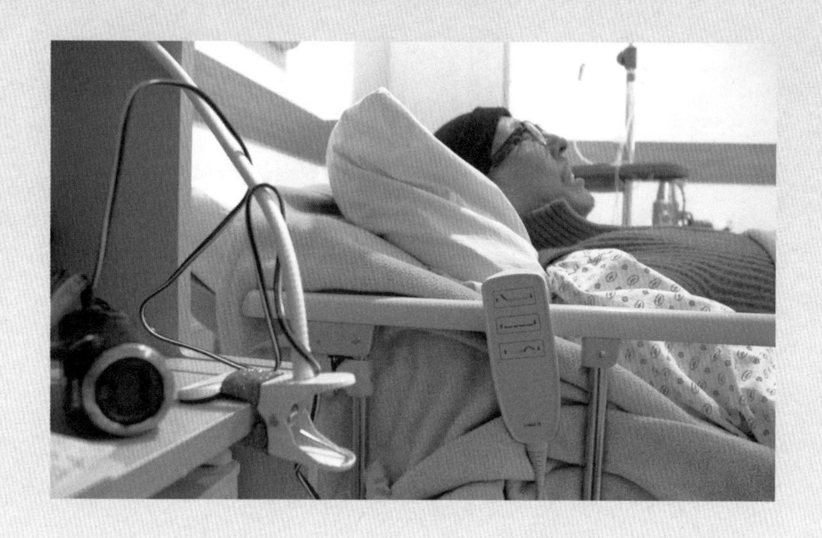

오늘이 내 생의 마지막 날이라면
미루고 있던 그 일을 당신은 할 것인가?
내가 곧 죽을 것임을 기억한다면
삶에서 가장 중요한 것을 선택할 수밖에 없다.
이성규 감독은 생의 마지막 나날을 보내면서
자신의 침상 옆에 작은 카메라를 챙겨두었다.

후세계를 분석하려는 그룹이 속속 등장했다. 소위 신비주의 종교철학을 기반으로 한 신지학회에 그 뿌리를 두고 있는 이들은 다양한 방법으로 피안을 연구한다. 그 방법은 크게 깊은 명상을 통한 영적 체험, 임사체험 그리고 전생최면으로 나눌 수 있다.

'티베트 사자의 서' 같이 명상을 통한 영적 체험은 연구대상자들의 특성상 광범위한 데이터로 분석하기가 어렵다. 다시 말해 이것은 다소 주관적인 체험으로 여겨져 과학적 접근이 어렵다고 본다.

임사체험은 일정 시간 이상 임상적인 뇌사상태에 있던 환자의 경험 사례를 일반화한다. 뇌사상태에 놓이면 의학적으로 인간이 사고할 수 없다고 보는데, 임사체험자들이 뇌사 후 자신의 육신을 보거나 의료진의 대화를 기억하거나 사후세계를 경험했다는 보고가 상당히 많다. 이에 대해 의학계는 뇌사 전후 뇌에 공급되는 산소 부족에 따른 환각이라는 주장에 힘을 실어주지만, 일부 학자는 임사체험자들의 공통 경험을 데이터로 정리해 일정한 규칙을 도출하고 있다. 가령 유체이탈, 사후세계로의 빛과 통로, 환자가 만난 신적 존재나 지인 등의 공통 경험이 있다. 그런데 뇌사상태가 오래 지속되면 뇌의 회복이 불가능하므로 임사체험은 단시간으로 제한한다.

전생최면은 좀 더 비현실적인 것으로 느껴질 수 있다. 최면으로 기억을 퇴행시켜 먼 과거까지 기억한다면 어떨까? 서구에서는 이러한 전생퇴행을 상당히 오래전부터 연구해왔고, 국내에서도 이미 20년 전에 김영우 박사를 시작으로 제법 많은 연구가 이뤄지고 있다. 죽음학

회장 최준식 교수의 여러 저서 역시 이런 여러 양태를 이해하는 데 도움을 준다.

임상체험이나 전생체험을 통해 공통적으로 경험하는 라이프스캔Life Scan이라는 과정을 한번 보자. 라이프스캔은 말 그대로 주인공의 삶을 한 번 전체적으로 훑는다는 의미다. 이 과정은 영혼이 자신의 육체를 떠나 저승으로 가는 길목에서 대부분 경험한다고 한다. 영혼은 탄생부터 임종 때까지 단 한순간도 놓치지 않고 거대한 영상으로 상영되는 영화 한 편을 본다. 자신이 기억하는 것은 물론 기억하지 못하는 일도 빠짐없이 보는데, 놀라운 것은 타인에게 부지불식간에 한 행위도 상대의 입장에서 그대로 재현된다는 점이다. 이때 내 의도와 상관없이 상대가 느낀 기쁨이나 고통이 자신에게 배가되어 전달된다. 이는 속일 수도 눈감을 수도 없는 진정한 의미의 삶의 정산이다.

어떤 사람은 그 영화가 극도로 환희롭고 또 어떤 사람은 너무 혐오스럽다고 한다. 자신이 주인공임에도 불구하고 누구는 지루하고 졸린 영화였고, 또 다른 이는 액션만 난무하고 주제가 뭔지 모르는 삼류 블록버스터 같았다고 감상평을 남겼다.

우리는 지금 거대한 서사시 한 편을 제작하고 있다. 주연도 연출도 자신이 맡고 그것을 보는 사람도 자기 자신이다.

만약 윤회와 카르마가 있다면 이번 생에 자신이 지은 복은 일종의 저축이다. 이는 다음 생에 쓰면 될 것이다. 반대로 이번 생에 사회와 이웃에 잔뜩 빚을 진 채 다음 생을 맞이한다면 그걸 어찌 탕감해야 할까. 자신의 영화, 라이프 스캔에서 그 정산 결과를 알게 되리라.

고백하자면 나는 아직 빚이 훨씬 더 많다. 아직도 내가 살아 있는 이유가 빚 청산을 위해 시간을 유예해주는 것은 아닐까 싶다.

한번은 성철 스님께 어떤 제자가 여쭈었다.

"어떤 삶이 제대로 된 삶입니까?"

스님은 '복혜쌍수福慧雙修'로 대답했다. 수레는 복과 지혜라는 두 개의 바퀴로 가야 한다는 의미다. 사랑과 자비를 베풀며 복을 쌓는 실천적인 삶, 그리고 자신을 돌아보며 진리를 추구하는 수행을 함께해야 한다는 말씀이다. 오직 수행과 사랑, 이 두 가지 목적이 함께할 때라야 영적 성장이라는 수레가 앞으로 나아갈 수 있다.

내가 호스피스에서 만난 많은 환자가 자기 인생을 돌아보며 공통적으로 아쉬워한 지점이 있었다. 그것은 지금 우리가 좇는 물질적 부유함과는 좀 거리가 있다. 그들은 좀 더 사랑을 베풀고 표현하지 못한 것을 아쉬워했다. 다시 말해 불필요한 것을 내려놓지 못했음을, 용서하지 못했음을, 가치 있는 삶을 살지 못했음을 슬퍼했다.

여전히 인생길을 여행 중인 나그네로서 그 여행의 의미를 찾고 싶다면 혹은 여행에서 길을 잃었다면 '복혜쌍수'를 떠올려봄직하다.

## 고향에 다녀온
## 사람들의 이야기

호스피스 병동에서 지내는 동안 나는 말벗을 필요로 하는 환자들에게 종종 이야기를 들려주었다. 아래는 내가 김정자 님 침상 옆에서 했던 말이다.

뇌사상태를 겪은 분들, 그러니까 한 시간이든 세 시간이든 한나절이든 임사체험을 한 분들의 인터뷰를 엮은 책이 많아요. 임사체험을 한 사람들의 공통점은 먼저 유체이탈로 죽어 있는 자기 몸을 본다는 거예요. 또 자기가 가고자 하는 곳이나 보고 싶은 사람, 즉 고향집이든 가족이든 어디든 한달음에 가서 본다고 해요. 그때쯤 죽음을 깨닫는대요. 내가 아무리 불러도 그 사람들은 대답이 없으니까요.

그런데 우리가 일반적으로 생각하는 것과 달리 영혼은 그저 TV를 보는 것처럼 관념적으로 느끼는 게 아니라 육체보다 더 강렬하게 실감한대요. 그들이 표현하길 아팠던 사람이 몸을 벗어난 순간 온몸이 쇠사슬에 묶여 있다가 날아오르는 것 같다고 하거든요. 마치 달걀 속에 있던 병아리가 알을 깨고 나왔을 때 마시는 공기, 직접 모이를 쪼아 먹는 느낌, 직접 느끼는 냄새 같은 감각이 몇 배 강하게 온다고 해요. 죽으면 관념만 남아 있다고 생각하기 쉬운데 오히려 영혼을 둘러싼 육체에 갇혀 있던 상태에서 풀려난다고나 할까요. 오감이 살아 있을 때보다 더

하루하루가 굉장히 소중하다는 생각을 많이 해요.
진짜 중요한 것이 무엇인지 생각하게 되고요.
영원한 것은 없다는 것,
욕심낼 것도 꼭 가져야만 하는 것도 없다는 것,
많은 계획을 세울 필요가 없다는 것,
오늘이 아니면 안 되는 것이 참 많다는 것,
내일이면 늦을 것이 많다는 것,
삶을 많이 성찰하게 되었어요.

_ 호스피스에서 만난 한 수녀의 이야기 중에서

생생하게 느껴진대요. 영혼을 가두고 있던 막이 사라지니 그 모든 감각이 굉장히 강렬해진다는 거지요. 빨간색이 어쩜 저리도 빨갛게 보일까, 꽃이 어쩜 저런 향을 낼까 싶대요. 내가 원하는 욕구에 따라 더 가까이, 더 강렬하게 느낄 수 있다고 해요.

그런 체험을 해본 사람들은 다시 몸으로 돌아오는 것을 극도로 싫어한대요. 애착하던 몸으로 돌아오고 싶어 할 것 같잖아요? 그리운 가족 곁으로 돌아오고 싶어 할 것 같은데, 육신의 세계는 거친 전쟁터로 여겨지고 육신을 벗어난 세계가 본래의 고향처럼 느껴진대요. 임사체험을 한 경우 자신을 인도하는 영적 존재가 지금은 때가 아니니 돌아가라고 하면 마치 부모님을 잃은 듯 안타깝고 고향에서 쫓겨난 듯 외로워진대요. 내가 왜 이 좋은 곳을 두고 다시 저 고통스러운 육체의 모순적인 현실세계로 돌아가야 하느냐고. 지금은 상상하기조차 힘든 얘기예요.

세 달 된 아이를 두고 떠났던 엄마가 있었어요. 아이를 생각하면 다시 몸으로 돌아가는 게 맞지만 자기 자신만 생각하면 저 세상에 남고 싶다는 생각이 들었대요. 자기 몸으로 돌아왔을 땐 아, 결국 돌아왔구나 하는 허탈감이 몰려왔다고 해요.

내가 김정자 님에게 이런 이야기를 했을 때 그녀는 마치 곧 떠날 여행지 정보를 듣는 것처럼 귀를 기울였다. 그리고 굉장히 행복한 표정을 지으며 말했다.

"나도 그럴 거라고 생각했어요."

## 삶의 의미를
## 찾던 남자

한번은 영화 〈목숨〉을 상영하고 관객과 대화를 하는 자리에서 어느 중년 남자에게 이런 질문을 받았다.

"제가 오늘 여기에 온 이유는 작품이 좋다는 얘기를 듣기도 했지만, 제가 아무래도 죽어야 할 것 같은데…… 혹시라도 제가 살아야 할 이유를 이 영화에서 찾을 수 있을까 해서입니다."

두 번째 줄에 홀로 앉아 있던 그 어두운 분위기의 중년 남자는 목소리에서 물기가 뚝뚝 떨어졌다. 나는 이렇게 되물을 수밖에 없었다.

"혹시 영화를 보시고 삶에 대한 의지가 살아났습니까?"

"네, 삶의 소중함은 알겠어요. 이분들은 순간순간을 이토록 소중하게 여기면서 살아가려 노력하는데 나는 이렇게 끝내려고 하는구나 싶은 생각이 들었죠. 그렇다고 답이 있는 건 아니었어요. 저는 어떻게 해야 할까요? 이렇게 살기가 힘든데……."

당혹스러웠던 나는 삶에 대한 이야기를 나누기엔 좀 마땅치 않던 그 자리에서 내가 읽은 임사체험 이야기를 들려주었다.

"제가 온전한 답을 드릴 수는 없을 테지만 제 개인적인 얘기를 해드릴게요. 저는 간혹 고통은 어떤 인생이든 평등하게 온다는 생각을 합니다. 물론 저 역시 삼십대 말까지는 고통이 늘 불공평하게 전해진다는 생각을 했습니다. 길을 걷다 하늘을 보며 '나한테 이거 진짜 너무한 거 아네요?' 하며 하소연하기도 하고, 자기혐오와 염세로 자살을 자주 생각했습니다. 제가 죽음이라는 주제를 다룬 이유는 자살이 제게 굉장히 친근하게 느껴졌기 때문인지도 모릅니다. 유치한 짓 하나를 말씀드리자면 제가 그림을 즐겨 그리는데 제 손목을 칼로 그어 쩍 벌어진 살갗을 문신처럼 펜으로 그리기도 했습니다. 그걸 서른 중반까지 주기적으로 그렸어요. 그건 자살충동이 일 때마다 자살을 내 눈으로 똑바로 보라는 의미였죠. 옥상 바닥에 으깨진 저 자신을 생생하게 그리기도 했고요. 그것도 여러 차례 말이죠.

좀 엉뚱한 얘기를 할게요. 자살을 시도했다 극적으로 살아난 사람들이 임사체험을 한 스무 가지 사례를 인터뷰한 걸 봤는데요, 그때 공통적으로 나온 얘기가 '암흑세계'였습니다.

일반적으로 임종하면 영혼을 맞이하러 오는 영적 존재나 빛을 만난다고 합니다. 영적 존재는 자신과 가까웠던 가족이나 각자의 종교에 따른 선지자의 모습이고, 빛으로 올 때는 아주 환하고 모든 걸 감싸 안는 빛이랍니다. 그걸 사랑의 빛이라고들 표현하지요.

반면 자살한 사람에게는 빛은 고사하고 영혼이 몸을 벗어나는 순간 사방천지가 빛 한 점 없는 암흑에 갇힌다고 합니다. 시간도 흐르지 않고 불러도 아무런 응답이 없는 곳. 가도 가도 끝이 없는 단절된 완벽한 암흑 말이죠.

구사일생으로 다시 숨이 돌아오면 그들은 입을 모아 말합니다. 자살이 모든 것을 망각하게 하는 단절인 줄 알았는데 막상 체험해보니 암흑의 벽에 갇히는 가장 잔인한 형벌이라고 말입니다. 자살이 이토록 고통스럽다는 것을 안다면 사람들이 과연 자살을 할까요? 너무 힘들어서 자살했는데 몇 백 년이 될지 몇 천 년이 될지 모를 암흑의 옥에 갇히는 걸 안다면 그렇게 쉬운 선택을 할까요?

윤회를 믿는 사람들은 또 이런 이야기를 합니다. 자살하고 난 뒤 다시 태어나면 전생에서 풀어야 할 숙제와 이번 생에서 풀어야 할 숙제가 복리로 불어서 감당하지 못할 만큼 엄청난 무게로 돌아온다는 거지요. 지금 당면한 숙제가 어렵다고 피하면 다음 생에는 더 끔찍한 문제 더미에 짓눌린다는 겁니다.

지금 당면한 문제가 때론 죽을 것처럼 힘들어도 이겨내야 합니다. 섣부른 선택을 한 뒤에는 더 큰 카르마에 갇히기 때문입니다.

한번은 누군가가 제게 과거로 돌아갈 수 있다면 언제가 좋을 것 같으냐고 물은 적이 있어요. 십대? 이십대? 저는 이렇게 대답했죠. '그런 끔찍한 시절을 다시 반복하라고? 다시 돌아가라면 아마 죽고 싶을 거야. 내가 이 나이에 도달하기까지 치러야 했던 나만의 전쟁에 다시 참전하라는 건 재앙이야. 그건 젊음 따위가 보상해줄 수 없는 끔찍한 형벌이라고. 난 지금 이 나이, 이 순간보다 행복했던 적이 없어. 이제 겨우 돌아와 거울 앞에 선 누이가 되었는데 그 무서운 천둥 번개를 다시 맞으라고?'

선생님도 다음에 남에게 이런 얘기를 할 수 있도록 조금만 더 힘을 내주세요."

이야기하는 내내 그분은 눈물을 멈추지 못했다. 관객과의 대화를 마치고 그분과 더 대화하고 싶었지만 그는 황급히 인파 속으로 사라졌다. 그는 현세의 전쟁을 잘 치러내고 있을까?

## 죽음을 통해
## 삶을 배우다

모현 호스피스에서 봉사 중이던 신학생 스테파노는 '자살'을 시도해 본 적이 있다고 고백했다. 모든 종교에서 자살을 금하고 있고 더구나 사제가 자살을 꿈꾸는 것은 죄악에 가깝다. 신앙심은 물론 사제로서의 정체성으로 큰 혼란을 겪던 그는 죽음을 선택하기 전에 '죽음과 가까워지는 길'을 택했다.

"죽음을 가까이에서 느껴보고 싶었어요. 제가 최근에 정신적으로 많이 힘들었어요. 그래서 나쁜 생각도 많이 했지요. 사실 자살도 생각했어요. 그런 생각을 한다는 건 이미 정신이 죽은 것이나 마찬가지예요. 분명 육체적으로는 죽지 않았지만 정신적으로는, 즉 영혼의 상황에서는 죽었다고 볼 수 있지요.

그래서 진짜 육체적으로 죽음과 가까운 사람들은 어떤 느낌일지 궁금했어요. 육체적으로 죽음과 직면한 사람들과 가까이 지내보고 싶었지요. 그들이 어떤 느낌인지 진짜로 보면서 알고 싶었던 거죠."

배려심이 깊고 사람에 대한 애정 또한 남다른 스테파노는 신학교에서도 인기가 많았다. 그러나 신학교도 불완전한 인간이란 존재가 성장을 위해 모인 곳이니 만큼 깊은 애정이 때론 예기치 않은 방식으로 되돌아오곤 했다. 그 탓에 사람에 대한 믿음에 균열이 왔고 나아가 신에 대한 믿음에도 균열이 생겼다.

"저는 지금 당장 신부 서품을 받으면 신부로서 잘 지낼 자신이 있어요. 엄청 잘할 자신이 있어요. 신자들이랑 웃고 떠들면서 잘 지낼 자신이 있어요. 그런데 신부는 그런 일뿐 아니라 신도들을 열심히 지도해야 내적으로 다져지는데 그런 생활은 잘할 자신이 없어요. 내적으로 다져지지 않으면 나중에 곪아터지고 말죠. 그걸 피하기 위해서라도 지금 생각을 많이 해야 할 것 같아요. 나중에 신부가 되더라도 일단은 지금 베인 상처부터 치료해야죠. 그래야 나중에 곪지 않을 테니까."

그는 나를 만난 지 석 달이 지나서야 그 '상처'를 조금씩 털어놓았다. 그것은 그의 사적인 영역이라 덮어둬야 할 것 같다.

"저는 인복이 좀 많고 사람을 온몸으로 믿는 편인데 그로 인해 크게 가슴 아팠던 사건이 있었어요. 그 이후의 먹먹함이나 아픔이 화해, 용서 같은 것을 아예 생각도 못하게 만들었어요."

스테파노는 잘 다니던 신학교를 갑자기 그만두겠다고 선언했다. 모태신앙으로 시작된 사제의 길을 갑자기 그만둔다고 하자 부모님이

극구 반대했다. 아니, 말리다 못해 뒤돌아설 만큼 강력하게 반대했다.

한 교구의 성당에서 오랫동안 신앙생활을 한 가족이 신학생을 배출한다는 것에는 남다른 의미가 있다. 그건 '가문의 영광' 같은 세속적 의미라기보다 그 집안의 믿음의 증거처럼 내적인 의미가 강했다. 그만큼 가족은 물론 신학생의 부담도 남다른 면이 있었다. 그런 부담 아래서도 굳건히 사제의 길을 걸어왔건만 어떤 사건을 계기로 그는 자신에게 중요한 무언가가 결여되어 있음을 깨달았다. 그것은 바로 하느님에 대한 믿음이었다.

"저한테는 하느님에 대한 근본적인 회의는 있을 수가 없어요. 하느님을 회의하려면 먼저 하느님을 확신해야 하는데, 저한테는 그게 없었거든요. 저는 하느님을 회의한 게 아니라 하느님의 사랑을 회의한 거예요. 하느님의 사람에 대해서도……. 제가 확신이 없다는 건 하느님이 제가 알고 있는 그 신인지, 그런 것에 확신이 없다는 의미예요. 음, 신은 존재해요. 하지만 그 신이 하느님인지 확신이 없었고, 그런 제가 신학생이라는 게 굉장히 힘들었어요. 신앙심이 두터운 신자들이 제게 신부가 되실 분이다, 신학생이다, 할 때마다 괴로웠죠.

예를 들면 천국이랑 지옥이 있다고 하잖아요. 가톨릭에서는 그 중간에 연옥이 있어요. 한데 제가 생각할 때는 지옥이 없을 것 같아요. 그래야 제가 생각하는 그 신과 일치하거든요. 어떤 스님이 그랬대요. 만약 우리가 말하는 그 하느님이 존재한다면 과연 자기가 사랑하는 아들딸들을 지옥으로 보내겠느냐고. 이런 말씀도 했대요. 만약 그들이 지옥으로 떨어져야 한다면 나는 차라리 그 중생들이랑 같이 지옥에 가겠다고. 그런 걸 보면 천주교를 포함한 우리 그리스도교에서 말하는 하느님이 제가 생각하는 신일까 하는 의문이 들어요."

한 스님의 말씀을 인용한 스테파노는 스스로의 믿음에서 발견한 균열에 몹시 흔들리고 있었다.

스테파노는 호스피스 실습을 시작한 지 한 달이 지나면서부터 조금씩 말문을 열기 시작했다.

"제 속엔 여전히 답답함과 두려움이 있지만 호스피스 환자들이 가족과 화해하고 서로 용서하는 모습은 정말 좋아 보였어요. 만약 죽음에 대한 두려움을 모두 배제한다면, 그 부분에서만큼은 심지어 그들이 부럽기도 해요. 그렇지만 그런 화해와 용서는 진짜 죽음이 코앞에 다가와야 할 수 있기 때문에 마냥 부럽다고만 할 수는 없죠.

가끔 그런 생각을 했어요. 내가 저렇게 호스피스에 누워 있으면 누구와 화해하고 누구에게 용서를 청해야 할까? 내가 저기 누워 있으면 어떤 기분일까? 저는 아직 그분들만큼 잘할 자신이 없고, 그분들처럼 그렇게 편안히 있을 자신도 없어요. 수녀님들이 용서하라고, 다 용서하라고 그러시지만 만약 제가 저기 누워 있으면 과연 저와 관련된 모든 사람을 용서할 수 있을까 싶어요."

스테파노는 내면의 온기가 남달랐다. 그런데 바깥사람들은 그의 순수한 온기를 당연하게 혹은 편리하게 받아들이거나 때로 이용하려 들었다. 그것도 스테파노 스스로 순수한 온기를 전할수록 점점 불리하게 돌아왔다. 급기야 그의 배려와 친절이 배신으로 돌아왔을 때 그는 마음의 문을 닫았다. 아이러니하게도 가장 추울 것 같은 곳에서 그가 평소보다 적은 온기를 전했어도 보답은 훨씬 컸다.

"여기 계신 분들은 일상의 하나하나에 의미를 두지요. 바깥사람들이 무심코 지나치는 것도 이분들에게는 하나하나가 소중해요. 이분들이 바깥사람들이랑 가장 큰 차이점이라고 한다면 만나는 한 명 한 명에게서 의미를 찾는다는 거예요. 사실 바깥에는 사람을 이용하는 사람도 많은데 이분들은 사람을 이용할 생각을 하지 않아요. 여기서는 제가 아무렇지도 않게 하는 하나하나의 일에도 의미를 두니까 오히려 좀 죄송스럽기도 해요. 그냥 평소대로 하는 건데 이게 무슨 일이라고, 내가 신나서 하는 건데 왜 이분들이 고마워하는지 모를 정도거든요. 그게 엄청나게 달라요. 바깥사람들이 저게 뭐야? 할 정도의 일까지도 굉장히 좋고 의미 있게 봐주셔요. 흔히 말하는 '사람 중심'이라는 말의 의미를 밖에 있을 때는 잘 몰랐어요. 하지만 여기서는 확실히 알겠더라고요."

한동안 하느님을 향한 마음의 문마저 닫아버렸던 스테파노는 호스피스 식구들이 빗장을 풀자 스스로도 못 이기는 척 믿음을 향해 한 발 나섰다.

"제가 확신하는 것은 아니지만 여기에는 그런 게 있더라고요. 저로 인해 확신을 갖는 사람들이 생겨요. 이게 얼마나 웃기는 얘기예요. 저는 하느님을 확신하지 못하는데 저를 보고 다른 사람들이 하느님을 확신해요. 그래서 조금은, 아주 조금은 저도 그쪽으로 변한 것 같아요. 나를 보고 왜 하느님을 확신하지? 하는 물음을 던지는 순간부터 말도 안 되는 나도 사람들한테 이런 생각을 심어줄 수 있구나, 이런 확신을 심어줄 수 있는 사람이구나 하는 걸 알았죠. 이후 확신까지는 아니지만 하느님을 믿을 필요가 생기기 시작했어요."

스테파노의 식별기간 동안 나는 몇 번이나 그와 따로 자리를 함께하며 그의 진로를 압박했다. 호스피스의 온기조차 그를 사제의 길로 돌리는 데 역부족으로 보였기 때문이다. 한번은 그와 단둘이 저녁식사에 반주를 곁들이며 여러 방식으로 회유했는데 문득 그가 물었다.

"감독님은 불교신자라면서 굳이 저를 신부로 만들지 못해 안달이

세요? 감독님은 할 것 다 해봤으면서 저한테는 사제로 살라는 게 말이 안 되잖아요."

나는 약간 당황하며 답했다.

"오히려 그래서 사제의 길을 가라는 거야. 그래, 난 내가 하고 싶은 거 다 해보며 살았어. 그래 봐도 별것 없으니까 내가 이러는 거지. 만약 내가 지금의 경험과 통찰력을 가지고 네 나이에 그런 기로에 선다면 나는 분명 사제의 길을 선택할 거야. 물론 말이 안 된다고 하겠지만. 속세는 겉으로는 엄청 재미있어 보이지만 속은 텅 비어 있어. 네가 영화감독을 하든 대학교수를 하든 마찬가지야. 속은 텅 비어 있어. 공허하니까 또 공허한 몸부림을 자꾸 하는 거지."

그는 그런 설득에도 강렬하게 동조하지 않았다. 다만 그는 최종선택 전에 여행을 떠나기로 결정했다. 나는 그에게 여행의 주제를 물었다.

"무슨 주제라고 아직 정하지는 않았지만 의미 있는 주제를 찾아 몸도 마음도 좀 지치는 여행을 해볼까 합니다. 이곳과 비슷한 체험을 한번 해보고 싶어요. 아무것도 못할 것 같은 그런 무기력과 흡사한 세상 체험이요. 그 체험을 마치고 돌아왔을 때 밑바닥부터 제가 뭘 할 수 있는지 찾아보고 싶어요. 여기로 오기 전에 저는 세상 사람들이 굉장히 무서웠거든요. 바깥사람들을 많이 만나보진 못했지만 어쨌든 여기도 결국 바깥사람들이 들어온 거잖아요. 여기 분들은 모두 사람에게서 의미를 찾고 한 분 한 분 나쁜 분이 없거든요. 거기서 뭔가 조금씩 보이기 시작했어요. 이들이 밖에 계셨던 분들이면 분명 바같에도 이렇게 살아가는 분이 있을 거고, 그러면 바깥도 따뜻한 곳이 지 않을까? 세상이 얼마나 따뜻한 곳인지 알게 해주는 그런 여행을 해보고 싶어요. 세상이 그렇게 무서운 곳도 아니고 차가운 곳도 아니라는 걸 알게 해주는 여행……."

그는 식별기간을 마치고 지리산으로 2주일간 여행을 떠났다. 단순한 여행길이 아닌 순례길이었으므로 그 나름대로 작은 제한을 두었다. 그는 2주일 동안 말 한마디 하지 않는 묵언수행을 했다. 특별히 사람과 접촉해야 할 경우에는 수첩에다 글을 써서 보여주었다. 첫 일주일은 답답해 죽을 지경이었는데 차츰 침묵이 편안해졌다고 한다. 그 와중에 재미있는 일들도 있었다. 키 190센티미터에 몸무게가 100킬로그램이 넘는 거구의 젊은이가 수첩에다 자신의 요구사항을 적어 보여주자 웃지 못할 해프닝이 벌어졌다고 한다. 대부분의 사람들이 그를 덩치 큰 농아로 여겨 다양한 측은지심을 베풀었다는 게 아닌가. 시골의 낯선 식당에서 '김치찌개 주세요' 글을 보여주면 덩치 큰 벙어리 청년이 무슨 사연이 깊은지 혼자 여행을 한다며 가엾은 마음에 밥을 두 공기를 주거나 아예 밥값과 방값을 받지 않는 경우도 있었단다. 갓 퍼 담은 수북한 공깃밥만큼 따뜻한 세상의 온기를 한껏 받은 그는 약간 그을린 얼굴로 상기된 채 돌아왔다. 이후 그는 나와 좋은 친구가 되었다.

## 우리가 '죽을 것처럼' 산다면

임사체험을 한 사람들은 이후의 삶에서 많은 변화를 보인다. 지구별 여행의 본질적 의미를 살짝 엿보아서인지 다시 이생에 돌아왔을 때는 삶의 방향이 이전과 완전히 달라지는 것이다. 가령 세속적인 삶의 목표를 향해 달리던 사람이 갑자기 직장을 그만두고 NGO활동에 전념하거나 명상을 하기도 한다. 이들이 이와 반대로 변화하는 경우는 극히 드물다. 그들의 변화 방향은 대개 '지혜와 사랑'을 실천하는 길이다.

우리는 비록 경험해보지 못한 세계지만 가보지 않았다는 이유만으로 마음의 문을 닫고 있을 필요는 없다고 본다. 사후세계의 정보가 다소 이해하기 힘들고 받아들이기 어렵다 하더라도 최소한 삶의 의미에는 방점을 찍고 있다고 생각하기 때문이다.

꼭 임사체험을 해야만 알 수 있는 것은 아니다. 타임머신을 타고 미래를 여행하듯 내 죽음을 생각하고 상상체험을 하는 것만으로도 충분하다. 우리가 더 쌓으려 하고 더 높이려 하고 더 앞서려 하는 이유는 '죽지 않을 것처럼' 사는 탓이다. 당장 '죽을 것처럼' 살면 돈, 명예, 권위는 사랑과 지혜 앞에서 그저 초라한 가치만 드러낼 뿐이다.

나는 인터뷰에서 왜 다큐멘터리만 고집하느냐, 극영화에는 관심이 없느냐는 질문을 수차례 받았다. 여기에는 여러 이유가 있지만 가장 진실한 대답은 "내 재능이 딱 여기까지라서요"이다. 나는 대학에서 대부분 극영화를 가르치고, 극영화의 매력에 흠뻑 빠져 회사를 그만두고 서른 중반에 유학길에 올랐다. 가끔은 내가 뭘 하고 있나 하는 생각이 들곤 했다. 하루는 문득 이런 생각이 들었다.

'어쩌면 이 생에서 내게 주어진 달란트는 이것일지도 모른다.'

생각은 한 발짝 더 나아갔다.

'내가 많은 재능을 선물받았다면 그 재능에 도취해 살고, 그 재능을 발휘하는 데 인생을 걸었을 수도 있겠구나. 이 재능은 내게 꼭 맞는 한 켤레의 신발일 수도 있다. 내가 나를 발견하고 나 자신의 목적지로 나아가게 해주는 고마운 한 켤레의 신발. 이 신발이 다 해지면 나는 더 이상 현세의 목적을 좇지 말아야지.'

## 나만의
## 대서사시를 위한 항해

삶을 이해하는 것은 어쩌면 별을 헤아리는 것보다 더 어려울 수도 있다. 하지만 여행이라는 측면으로 단순화하면 조금은 이해를 더할 수 있다. 예를 들어 우리가 편리를 추구해 패키지여행을 한다고 치자. 패키지여행에서 우리는 정해진 코스를 따라 그저 보고 싶은 것에만 눈길을 준다. 이 여정에서는 고난과 우연은 제거되고 안락과 편리만 남는다. 이 경우 휴식과 약간의 문화적 지식은 습득할지언정 영적 성장을 기대하기는 어렵다.

반면 스스로 자유로운 여정을 정하면 우리는 낯선 여행에서 예상치 않던 상황에 놓임으로써 기존의 딱딱한 생각이 깨지고 확장되는 경험을 한다. 이런 여정을 통해 우리는 내적, 외적 성장이라는 쓰고도 달콤한 과실을 취한다.

다른 한편으로 삶을 여행이 아닌 행군이라고 해보자. 같은 천 리를 가도 여행의 기쁨은 없고 정복해야 할 거리와 그에 따른 피로만 펼쳐지면 우리는 하루하루를 의미로 곱씹기보다 그저 뒤로 밀쳐낼 가능성이 크다. 이러한 행군에서는 삶의 참맛을 느끼기 힘들다. 이는 삶을 '고통의 바다'로 받아들이게 만들어 성장을 저해한다.

우리는 불확실한 삶을 불안과 고난으로만 받아들여서도 안 되고, 삶의 불확실성을 제거하고 안온을 추구하기 위해 관습적인 인생을 따라서도 안 된다. 우리는 자신의 인생길에서 끊임없이 자신만의 목적지를 추구해야 한다.

항해에는 온갖 위험이 도사리고 있다. 그런 의미에서 배는 항구에 정박해 있을 때가 가장 안전하다. 하지만 배가 항구에 오래 정박해 있으면 머지않아 배를 띄우지 못하게 된다. 부식도 문제지만 방향타, 닻 등에 조가비 등이 엉겨 붙어 배가 옴짝달싹못한다. 이처럼 평온을 위해 우리의 삶을 정박해두면 우리는 라이프스캔, 즉 마지막 영화를 볼 때 졸음을 참지 못할 수도 있다.

여기서 〈오디세이〉라는 장편서사시를 한번 생각해보자. 트로이 전쟁에서 이긴 오디세우스는 고향 이타카로 돌아간다. '저주받은 자'라는 뜻의 오디세우스란 이름에서 짐작하듯 그의 귀국길은 그야말로 저주받은 여정이다. 올림포스 신들은 오디세우스에게 인간으로서 극복하기 힘든 고난과 역경을 부여한다. 오디세우스는 포세이돈이라는 바다신의 아들을 만나 잡아먹힐 뻔하고, 세이렌의 유혹에 많은 부하를 잃으며, 급기야 포세이돈이 일으킨 풍랑에 배가 침몰할 위기를 겪는다. 말 그대로 구사일생으로 고향에 돌아온 그는 아내와 왕좌를 되찾는다.

그런데 이후의 스토리는 전해지지 않는다. 왜냐하면 그는 잘 먹고 잘 살았기 때문이다. 잘 먹고 잘 사는 것만으로는 훌륭한 스토리가 되기 어렵다. 고난과 갈등이 없으면 기본적인 스토리를 만드는 것조차 곤란하다. 누구도 잘 먹고 잘 사는 것에서 교훈을 느끼는 이는 없으니 말이다.

이제 용기를 갖고 나만의 대서사시를 위해, 삶에 주어진 모험을 위해 배를 띄워야 할 시간이다.

나뭇잎은 자기의 사명과 책임을 다할 때까지는
결코 나뭇가지에서 떨어지지 않는다.
봄여름 엄청난 폭풍과 폭우에도 악착같이 가지에 매달리는
무서운 집착력을 보여준다.
그러나 가을이 되어 자기의 사명을 다하였다 싶으면
누가 시키지 않아도 스스로 나뭇가지에서 몸을 던져 낙엽이 된다.
그리고 다음 봄날, 새싹을 위해 자기의 몸을 완전히 녹여
거름이 되어 사라진다.
_ 문국진

죽음이 당신에게 묻는다.
내 사명은 무엇인가?

# 그들이 남긴 지도를 다시 펼치다

부산국제영화제에서 영화가 끝나고 관객과의 대화를 위해 준비하는 동안 나는 얼마간 여운을 느끼며 가만히 앉아 있었다. 아무것도 영사되지 않는 창백한 스크린이 나와 마주하고 있었다. 저 스크린 위에서 얼마나 많은 영화가 명멸해갔을까? 때론 몇 시간 또 때론 몇 달간 여러 빛깔로 황홀한 세계를 펼쳐 보인 뒤 사라지는 온갖 이야기와 인물, 사건, 관념의 파노라마. 이를 위해 얼마나 많은 노력과 돈과 의지와 때론 가혹한 시간을 쏟았을까? 스크린에 빛으로 오르지 못한 숱한 실패와 절망은 또 얼마나 될까? 그 실패와 욕망에 오랫동안 시달려온 내 눈에는 스크린이 마치 아우성을 치는 듯했다. 내가 간단한 염을 도우며 훔쳐본 환자들의 육체에 남은 역사처럼.

잘 만든 영화를 보는 동안 우리는 허구를 생생한 현실로 느낀다. 영화가 끝나고 상영관에 불이 밝혀지고 나서야 우리는 비로소 진짜 현실에 눈을 뜬다. 삶도 이와 같다. 화려한 빛과 소리, 향기는 잠시 우리의 혼을 빼놓지만 그것이 제거되면 본질이 드러난다. 우리를 둘러싼 우주와 별은 항상 우리의 머리 위에 있으나 태양빛은 착시를 일으켜 그저 하늘만 보여줄 따름이다.

태양이 잠시 자리를 비켜주면 생생한 우주가 본질을 드러낸다. 그러니까 우리 위에 우주가 존재하지 않았던 적은 없다. 단지 우리가 바쁜 일상과 빛의 환상에 취해 거대한 본질인 우주를 제쳐두고 있을 뿐이다.

나는 죽음 이후에 가는 곳이 우리의 진정한 '고향'이라고 생각한다. 지금 우리는 잠시 고향을 떠나 지구별을 여행하는 중이다. 이 여행의 목적은 영적 성장이다. 긴 여행을 마치고 우리는 '천국'과 '낙원'인 고향으로 돌아간다. 이런 속세와 피안의 여정을 반복하며 우리는 창조주를 닮아간다.

먼저 가장 힘든 시기에 보물지도 작성을 위해 자신의 삶과 시간을 아낌없이 떼어준 환자들과 그 가족께 감사드린다. 긴 여정을 허락한 '마리아의 작은 자매회'와 '포천 모현 호스피스'에도 깊은 고마움을 전한다. 평생을 환자들의 마지막과 함께해온 자매회 수녀님들과 정극규 원장님을 비롯한 모현 호스피스 직원들에게도 진심으로 존경을 전하고 싶다. 특히 외곽에서 큰 힘을 보태준 카리타스 수녀님과 내부에서 숨은 희생을 보여준 헬레나 수녀님의 노력 덕분에 영화의 순탄

한 마무리가 가능했다.

그리고 〈길 위에서〉에 이어 이번 여정까지 프로듀서로서 함께해준 백두대간 최낙용 부사장님께 다시 한 번 고마움을 전한다. 그는 마흔 이후 만난 소중한 소울메이트로 만일 내가 고흐 역을 맡는다면 테오 역은 당연히 그의 몫일 것이다. 아울러 작은 영화 〈목숨〉에 목숨을 걸어준 CJ엔터테인먼트 콘텐츠개발팀 김영욱 팀장님, 유진희 님, 전효선 님, 박상아 님, 박두희 님께 이 자리를 빌려 감사를 드린다. 이들과의 만남으로 일을 하면서 큰 감동을 받는 행운을 누렸다. 또한 작은 작품의 산고를 홀로 겪은 이혜정 님께도 고마움과 미안함을 전하고 싶다.

이 책의 첫 쪽을 열고 마지막 쪽을 덮게 해준 최고의 편집인 수오서재의 황은희 님께 진심 어린 마음을 전한다. 멋진 파트너를 소개해 주신 정목 스님께도 고마움을 전한다. 〈길 위에서〉로 작은 인연을 맺은 스님이 이제 자비의 실천적 스승으로서 현세의 길이 되어주시길 빈다. 어느 강연을 마치고 칠순이 넘은 고운 할머니께 들은 "감독님 어머니가 부럽소. 좋은 아들을 장성시켜서 말이요"란 덕담을 전하고 싶지만 깨어나지 않는 어머니, 그 빈 자리에 온기를 채우는 아버지, 진한 우애를 유산받은 형과 누나들, 그리고 영혼까지 아름다운 아내와 우리의 귀한 손님 정우, 준우에게 이 책을 선물한다.

**추천의 글**

티베트의 라마승들은 여러 날 정성을 들여 만다라를 만든 뒤 기도가 끝나면 색색깔의 모래로 만든 그 환상적인 만다라를 붓으로 쓸어 흐르는 강물에 쏟아버린다. 극락세계에서 핀다는 만다라화는 그렇게 피어나는 순간 허망하게 저버린다. 빛에서 와서 빛으로 가는 길, 생과 사는 그렇게 한순간 피었다가 사라지고 마는 한 송이 만다라화와 같다.

후회 없이 살고 있나요? 이 책은 살아 있을 때는 돈 주고도 몰랐던 행복이 죽음이 임박해오면 적은 돈으로도 살 수 있는 행복이 널려 있다는 걸 일깨워준다. 가족과 함께하는 한 끼의 식사, 부부가 함께 걷는 평범한 산책, 하룻밤의 여행, 아이들 곁에서 함께 웃으며 찍는 한 장의 사진 등. 사는 것에 바쁘던 날엔 의미 없이 나뒹굴던 조각들이 죽음을 앞두고는 하나하나 소중한 가치로 와 닿는다. 허무하거나 쓸쓸한 것으로만 인식되던 죽음이란 것도 이 책을 다 읽어갈 때쯤이면 제법 괜찮을 것 같다는 생각이 드는 것은 왜일까?

마지막 책장을 덮기 전, "죽음이 당신에게 묻는다. 내 사명은 무엇인가?"
거기에 책은 이런 답을 마련해두고 있다.
'내 눈길 머무는 곳마다 내 숨결 가 닿는 곳마다 고맙고 감사하고 사랑하는 것. 그것이 살아 있는 동안 우리가 해야 할 일'이라고.
죽음을 봄으로써 삶을 사랑하게 하는 귀하고 값진 책이다.

_정목 스님